ならば、やる事はただひとつ。

ここまでお膳立てされたのだ。

だったら――。

「広がれ――!!!」

場を見事整えてみせた上で、
トドメを俺に委ねたロキの判断が間違いでなかったと、
俺は証明しなくてはならない。

「――〝多重展開《アクセラレーション》〟――!!!」

Characters

パーティー
“終わりなき日々を《ラスティングピリオド》”
メンバー

「おかえり、アレク。
それと、ようこそ、
Aランクパーティー
——“終わりなき日々を《ラスティングピリオド》”へ」

ヨルハ・アイゼンツ

魔法学院の次席。
自他共に認める
補助魔法に特化した魔法師で、
宮廷魔法師を追放されたアレクを
パーティーに誘った。

アレク・ユグレット

魔法学院の首席。
魔法学院始まって以来の
神童とうたわれており、
卒業後は宮廷魔法師となったが、
王宮でのその評価は
「補助魔法しか使えない能無しの魔法師」
というものだった。

「……俺は、役立たずの
元宮廷魔法師だぞ？」

「……私で良ければ、
話聞くけど」

三席の少女。
回復魔法に長けた
魔法師であり、
基本的に事なかれ主義で、
面倒事を嫌う。

クラシア・アンネローゼ

「さぁて、伝説の続きといくか」
オーネスト・レイン
四席の少年。
近接系の攻撃に特化しており、
自分のことを天才と呼ぶ自信家。
「……おれはおれの生きたいように生きているだけだ。貴族らしさなぞ知らん」
ヴォガン・フォルネウス
アレクの追放後、
レグルスの面倒を
見ることになった魔法師。
ガルダナ王国の
貴族家の中で最上位であり、
かつ、その中で
一番腕が立つ人物。
「……さっすが僕。完璧過ぎない？　これえ」
ロキ・シルベリア
Sランクパーティー
“緋色の花《リクロマ》”の補助魔法師。
計算高く、
オーネストいわく
“クソ野郎”。
「……僕は、認めん。認めるものか」
レグルス・ガルダナ
ガルダナ王国の王太子。
アレクのことを追放した。

「なにせボクが今、作ったからね。
〝魔法学院《あの頃》〟とは違って、今はボクがリーダー。
だったら、ボクがルールを決める。
〝終わりなき日々を《ラスティングピリオド》〟は、
この４人じゃなきゃ、あり得ない」
ぎゅっ、と強く手を握り締められる。
もう逃さないぞと、言わんばかりに。

アルト [illust.] 夕薙
味方が弱すぎて補助魔法に徹していた宮廷魔法師、
追放されて最強を目指す

Contents

イラスト／夕薙　デザイン／アオキテツヤ(musicagographics)　編集／庄司智

一話　「役立たず」の補助魔法師

「今日で再確認した。補助魔法しか使えない能無しの魔法師はこのパーティーには必要ない。お前はクビだ、アレク・ユグレット」

「……は？」

ダンジョンの帰り道。

突如として言い放たれたその一言は、正に俺からすれば青天《せいてん》の霹靂《へきれき》と言えるものであった。

「明日から僕は、ダンジョン30層の攻略に取り掛かろうと思っている。だが、今のままではダンジョンの攻略は厳しいだろう。何故《なぜ》だか分かるか、宮廷魔法師アレク・ユグレット」

日々、ダンジョンの攻略に勤《いそ》しんでいた此処《ここ》——ガルダナ王国の王太子、レグルスは煩わしそうに、物分かりの悪い子供にでも諭すように、俺に向けて問いを投げ掛ける。

ガルダナ王国の現国王の方針で、跡継ぎであるレグルスに王位を恙《つつが》無《な》く継承出来るようにと、箔《はく》を付ける為《ため》にもダンジョンの攻略をするようにと彼に申し付けていた。

そして、宮廷魔法師たる俺は、ダンジョン攻略を進める王太子を死なせてはならぬという王命を受けて彼のパーティーメンバーとしてダンジョン攻略を助けていた。

それも、決してレグルスを死なせるな。

という命を受けていた為に、己の実力を過信するレグルスと、その腰巾着2名の補助にひたすら徹するカタチで。

元々、補助よりも矢面に立って攻撃をする方が得意であったが、それをする余裕もなく補助に徹するしかなかった。そんな状況だったにもかかわらず、この一言である。

最早《もはや》、開いた口が塞がらなかった。

「それはな、僕のパーティーにお前のような役立たずがいるからだ」

そして追い討ちをかけんばかりの一言。

「父上が優秀な魔法師と言っていたからどれ程かと思えば、延々と補助に徹するばかり。ロクに攻撃すらしておらず、まるで役に立っていない」

侮蔑の視線が向けられた。

だが、それに構わず、慌てて我に返った俺はレグルスの言葉を否定にかかる。

「お待ち、下さい殿下……ッ！　確かに、俺がひたすら補助魔法に徹していた事は謝罪致します。ですが、それにはワケが――――」

「ふん、補助魔法しかロクに使えないから補助魔法に徹していたと、素直にそう言えば良いだろうが、アレク・ユグレット。魔法学院にて優秀な成績を残し、宮廷魔法師になったと聞いていたが所詮お前は周囲の人間に助けられていただけの人間だったのだろう？」

あったのです。

と、俺がそう口にするより先に、腰巾着の一人によって言葉が被《かぶ》せられていた。

「やれ、これ以上先へ進むな。やれ、引き返せだ。……貴方《あなた》それればかりじゃない。はっきり言いなさいよ、ダンジョンの先へ進むのが怖いって」

　腰巾着の片割れの一人が、同調するように鼻で笑い、レグルスと同様に俺を嘲った。

「自分を守る魔法が使えず、補助に徹する事しか出来ないから先に進みたくないんでしょう？……本当、そういうの困るのよ。陛下から直々に貴方をパーティーに加えろと命があったからこれまでは我慢していたけれど、如何《いか》に懐が深い殿下であろうと、もう限界なのよ。貴方みたいな役立たずと共にダンジョン攻略なんてね」

……好きで補助以外の魔法を使っていなかったわけじゃない。

　俺はただ、陛下の命に従い、殿下を死なせない為に必死に補助に回っていただけだ。

　それに掛かり切りだったから、他の魔法を使う暇もなかった。

……しかし、実際に彼らと行動するようになり、一度として補助以外の魔法を使ったためしが俺にはない。だから恐らく、そう言っても信じては貰《もら》えない事だろう。

「そういうワケだ。分かったか。このパーティーに、お前は必要ない。ああ、それと、心配はいらないぞ？　明日からは優秀な魔法師がお前の代わりに加わる事となっているのだからな」

　どんな言葉であれ、俺の言葉はレグルスには届かない。けれど、言わなくてはならなかった。

　レグルスに、自分自身の実力を過大評価し過ぎている、と。そのままだと間違いなく遠くない未来に、命を落とす事になると。

「ふ、はは。明日が楽しみでならないよ。今度は『役立たず』ではなく、正真正銘の有能な宮廷魔法師を呼んだのだから」

そうだろう？　と、レグルスが腰巾着二人に同調を求める。ええ、私の知る限り、彼は最も優秀な魔法師ですと意気揚々と首肯するその様子から、俺の代わりを呼んだのが片割れである彼女であるのだとすぐに分かった。

……だが、俺の知る限り補助系統で特別優れている宮廷魔法師に覚えはない。

魔法学院時代にならば、俺も『天才』と呼ばずにはいられなかった補助魔法に特化した者がいたが――――その者は遠くの地で冒険者をやっている筈《はず》だ。

きっと、彼女でも引っ張ってこない限り、間違いなく致命的な代償を負う羽目になる。

だからこそ、俺は自身をレグルスのパーティーに入れと命じた陛下にこの事を直訴する事を決める。

レグルスに言葉が届かずとも、陛下から言い聞かせて貰えたならば、まだ話は――――。

そう思い、嗜虐《しぎゃく》的な笑みを浮かべる腰巾着二人と離れてゆくレグルスの背中を黙って見送る事にした。

そしてその日の夜。

陛下に直訴するという目的を達するべく、城に赴いた俺であったが、それを成す事は出来なかった。

「――――お引き取り下さい、アレク・ユグレット殿。貴方様からは、既に宮廷魔法師としての地位が剝奪されております。ご存知の通り、王城は関係者以外立ち入る事を禁じています。どうか――――」

役立たずの魔法師。

その汚名と共に、王太子の手によって、宮廷魔法師としての地位を剝奪されてしまっていたが為に、それは叶《かな》わなかった。

進言をするどころか、宮廷魔法師としての地位すらも剝奪され、茫然自失《ぼうぜんじしつ》となる中。

空に撒《ま》かれた星の輝きにあてられながら当てもなくさまよう俺に、突然、一つの声が投げ掛けられた。

「……ねぇ、もしかしなくても、アレク、だよね？」

何処《どこ》か気遣うような口調。

何より、無性に懐かしく感じるその声には、覚えがあった。

視線を地面に落としていた俺は、慌ててその声の主を確認せんと、顔をあげる。

「ヨル、ハ……？」

そこには、活発そうな印象を抱かせる赤髪の少女がいた。

見間違えるはずもない。

どうして此処にいるのか。それは分からない。

けれど彼女は、４年前を最後に別れを告げた筈の魔法学院時代の友人のひとり――ヨルハ・アイゼンツその人であった。

二話　宮廷魔法師の道を選んだ日

＊　＊　＊　＊

――――それは、アレク・ユグレットが宮廷魔法師になる4年も前の話。

「俺は、宮廷魔法師になるよ」

6年通った魔法学院。

その卒業式の終わりに、特に親しかった友人達《たち》の前で、俺はそんな事を呟《つぶや》いていた。

「親父《おやじ》には反対をされたけど、それでも、ね」

口元をほころばせ、微笑を唇のふちに浮かべる。特に親しかった友人達だったからこそ、俺のその進路を、親父が反対している。という事実は以前にも彼ら彼女らに伝えていた。

きっと、だからだろう。

誰も彼もがやれやれと言わんばかりに力なく笑い、微《かす》かに肩を竦《すく》めていた。

でも、もう何を言っても無駄と悟っているのだろう。誰も、「やめておけ」という言葉を投げ掛けてくる事は無かった。

「親父には、楽をさせてやりたいんだ」

俺の母は、数年も前に流行病によって命を落としている。だから、俺は親父に男手ひとつで育てて貰い、こうして高い学費を出して貰って魔法学院に通っていた。

――――子供が金の心配すんじゃねえよ。やりてえ欲しいなりたいってな。子供は我儘《わがまま》言ってなんぼなんだよ。頼むから、遠慮だけはしてくれるな。

己に魔法の才能があると分かっても、はじめは家計の事を考えて魔法学院に通う気など無かった。でも、押し殺そうとしていた欲を他でもない親父が尊重した。だから、俺は6年もの間、魔法学院に通っていた。

そして、こうして仲間にも恵まれた。

「……宮廷魔法師は、給金が良《い》いものね」

名誉とか、地位だとか。

そんな大層なもの欲しさでなく、俺が宮廷魔法師になると言い出した理由が、給金の高さ故であると知っていた少女――――クラシアは黒曜石を思わせる深黒の瞳で俺を見つめていた。

その言葉に、俺は目を伏せる。

「本当はみんなで冒険者に。って思ってたけど、冒険者は安定してないからなあ」

これが、ボクらがSランクパーティー冒険者って事なら気兼ねなくアレクを誘えたんだけど、やっぱり今はまだ無理強い出来ないね。

ショートボブの少女――――ヨルハは何処か寂しそうに、言葉を紡いでいた。

彼女は最後まで、冒険者になろうと俺を誘ってくれていた人だった。瞳の奥は我儘を言う子供のような、強請《ねだ》るような色を未《ま》だ帯びていたが、それと同時に諦観めいた感情も表情の端々から見え隠れしていた。

「アレクが入ってくれりゃあ、最強パーティーの完成だったんだがなあ。魔法学院始まって以来の『天才』４人による最強パーティー！」

「……自分の事まで『天才』呼ばわりなのね」

「うるっせえ！　今年じゃなきゃオレ様は間違いなく首席だったって教師どもも口揃《そろ》えて言ってんだよ！　なんか文句あっか!!」

「……文句しかないわよ、４番さん」

「てめぇだけはいつかぶちのめす……ッ」

己の事を事あるごとに『天才』呼ばわりする変わり者な少年――オーネストも、同様に惜しむような言葉を投げ掛けてくれていた。

クラシアとは馬が合わず、相変わらずの犬猿っぷりを見せ付けていたが、その言い合いを見るのも今日で最後かと思うと物寂しく感じてしまう。

そんな彼らのやり取りを微笑《ほほえ》ましく見ていた俺に、また声がかかった。

「でもね、アレク。これだけは覚えておいてよ」

声の主は、ヨルハだった。

「進む道は違うけど、だからといって縁がこれきりで切れるわけじゃない。何なら、冒険者としてボク達が大成したら宮廷魔法師からアレクを引き抜くつもりでもいるし」

「……おいおいおい」

……確かに、宮廷魔法師という職業に心の底から俺が憧れを抱いてるわけでない上、何を差し置いてでも。と、固執しているわけでもなかったが、ヨルハのその言葉には驚きを禁じ得ない。

「だからね──────」

すぅ、と息を吸って、ヨルハは俺に向かい、

「──────困った事があったら、ボク達を頼ってよ。そしてまたいつか、パーティーを組もう。約束、してくれる？」

魔法学院で行われていた戦闘実習の一つに、ダンジョン攻略というものが存在していた。

本来は冒険者と呼ばれるものが生計を立てるために行うダンジョン攻略であったが、浅層に限り、生徒の能力向上の為に、授業の一環としてダンジョン攻略が取り入れられていた。

そして、

俺と、ヨルハ、クラシアに、オーネストの４人はそのダンジョン攻略にて、この６年間ずっとパーティーを組んでいた。

６年前、燦然《さんぜん》と煌《きら》めいていた歴代の魔法学院生徒による王都に位置するダンジョン最高踏破記録──37層。

６年前まではこの先10年は破られないであろうと言われていたその記録を、塗り替えに塗り替え、最終的な踏破層は驚異の──────68層。

現役の冒険者によるパーティーであっても、最上に位置するＳランクによるパーティーでなければその記録を超す事は不可能だろう。

学院生であれば、再び、規格外の『天才』が同期に4人集まる事がない限り、塗り替える事は不可能であると誰もが断じた記録。

パーティーメンバーは、首席卒業を果たしたアレク・ユグレット。

次席のヨルハ・アイゼンツ。

3席、クラシア・アンネローゼ。

4席、オーネスト・レイン。

パーティー名――〝終わりなき日々を《ラスティングピリオド》〟。

「……そう、だな。ああ、またいつか、一緒にパーティーを組もう。それがいつになるかは分からないけど、それでも、うん――約束だ」

いつまでも、4人でいられますように。

そんな意味から付けられたそのパーティー名は、魔法学院の伝説となった。

……そんな懐かしい思い出が、どうしてか不意に俺の脳裏を過《よぎ》っていた。

三話　ヨルハ・アイゼンツとの再会

＊＊＊＊

「……成る程、ね。それでアレクってば、あんなに落ち込んでたんだ」

久しぶりの再会だというのに、愚痴めいた俺の話を嫌な顔一つせずに黙って聞いてくれていたヨルハには申し訳なさしかなかったが、それでも話して良かったと、そう思った。

彼女に話したお陰で、幾分か辛《つら》さが和らいでくれたから。

「……悪い、ヨルハ。4年ぶりの再会だっていうのに、こんな暗い話をしちゃってさ」

「大変、だったんだね」

「まぁ、な」

元々、宮廷魔法師という職業についている人間の大半は貴族と呼ばれる者達である。

表向きは、王国お抱えの優秀な魔法師が宮廷魔法師に選ばれる。などと思われてはいるが、特別優秀でもない限り、その職につける人間は貴族家の者だけ。

例外的に貴族家以外の人間が宮廷魔法師になれたとしても、どうしても慣習というものに引きずられ、好意的には思われない。

大概は、厄介ごとといった仕事を一方的に押し付けられるだけ。特に、失態をおかす可能性の高い役目を押し付けられ、それを理由に追い出される。

なんて事も過去にはあったとか。

貴族と平民の差を無くす。

などと謳《うた》い、民からの支持を集めているガルダナ王国の内情も、所詮はこんなものである。

良かった点といえば、唯一、金払いだけはマシだった、という事だろうか。

「本当はこんな事言っちゃだめなんだろうけど、でも、ボク的にはそうなってくれて良かったよ」

「良かっ、た？」

ヨルハが他人の不幸を笑うような人間でない事は俺がよく知ってる。

だからこそ、その発言には疑問を抱かざるを得なかった。

「ねえ、アレク。４年前にボクが言ってた事、覚えてる？」

そう言われて俺は過去の記憶を、漁《あさ》り始める。

そして、俺が答えにたどり着くより先に、

「ボク達が冒険者として大成したら、アレクを引き抜くって言ってた話」

「……あれ本気だったのか」

「もちろん。ボクはオーネストと違って冗談を言わない人なんだ」

懐かしい友人の名を持ち出され、たまらず笑みが溢《あふ》れる。

そういえばオーネストのやつは元気にしているだろうか。

「それと、ボクがこうして王都に帰って来たのも、実はそれが理由でね」

言われて思い出す。

すっかり愚痴を聞いて貰ってしまっていたが、そういえばヨルハはどうして王都にいたのだろうか。それを聞こうとしていたんだった、と。

「────ねえ、アレク。ボク達と一緒にまた、ダンジョン攻略をする気はない？」

そう言って、ヨルハは俺に向かって手を差し伸べた。

「アレクの力が、必要なんだ」

その言葉は、素直に嬉《うれ》しかった。

この4年間、魔法学院にいた頃のように誰かに頼られる、という経験が本当に皆無であったから。

……でも、差し伸べられたその手を俺はすぐに取る事は出来なくて。

「……俺は、役立たずの元宮廷魔法師だぞ？」

それでも良いのかよと言葉を返す。

自虐でしかないその言葉に対し、戻ってきた返事は────眩《まぶ》しいくらいの笑みだった。

「そんなの、関係ない。ボク達は、他でもないアレク・ユグレットを必要としてるんだ」

だから、役立たずだとか。

元宮廷魔法師だろうが、関係ないよと言ってくれるヨルハの言葉がどこまでも嬉しくて。

気付けば、差し伸べられていたヨルハの手を、俺は摑《つか》み取《と》っていた。

「Sランクになるのは、4人で一緒にって決めてたんだ。だから、冒険者パーティーのランクはAで止めてるし、ずっと3人で攻略してきたんだよ」

いつか、アレクを迎えに行くって、みんなでそう決めてたから。もちろん、アレクが宮廷魔法師を続けたいのであれば、冒険者にって無理強いする気はなかったんだけどね。

そう口にするヨルハは、苦笑いを浮かべていた。

「おかえり、アレク。それと、ようこそ、Aランクパーティー――〝終わりなき日々を〟《ラスティングピリオド》へ」

＊＊＊＊

「魔法学院始まって以来の『神童』、と謳われていたというからどれ程の傑物かと思えば、蓋を開けてみればただの凡愚ではないか。補助魔法しか使えないとは拍子抜けどころの話ではないぞ」

「最高踏破階層――68層。その記録も、所詮はホラ話であった、という事でしょうねえ。それにしても、これで漸《ようや》く、邪魔者が消えてくれましたね。平民如《ごと》きが名誉ある宮廷魔法師の座に据えられるなど、穢《けが》らわしい限りです」

魔法学院を首席で卒業した者にのみ、宮廷魔法師として王国に仕える権利というものが与えられる決まりがあった。

それ故に、アレクは宮廷魔法師となったのだが、王城に勤める者は大半の者が選民意識の高い貴族諸侯。

その為、平民の出であるアレクは彼らからすれば侮蔑の対象でしかなかった。

「明日からは、あんな嘘《うそ》を吐《つ》くだけが能の平民ではなく、かの由緒正しきフォルネウス公爵家の若き俊才、ヴォガン卿《きょう》が我々に同行して下さるそうです」

遠くない未来、役立たずがいた今までとは比較にならない速さにてダンジョンを踏破し、そして殿下の勇名が世界中に轟《とどろ》く事間違いありません。

そう言って、レグルスのご機嫌を取る腰巾着の男と女は調子の良い言葉を並べ立て、そしてレグルスもまた、そうだろう。そうだろう。と満足げに頷《うなず》いていた。

しかし彼らは知らなかった。

4年前、魔法学院にて打ち立てられた驚異のダンジョン踏破記録——68層。

それが紛れもない事実である事を。

そして誇張でも何でもなく、アレク・ユグレットという男は魔法学院始まって以来の『神童』であった事を。

本来、アタッカーの役目をこなしていた筈の人間が、自信過剰な王太子のダンジョン攻略に同行し、決して死なせるな。という役目を得意でもない補助魔法を使う事でこなし続けていた事実を。

実力通りにいけば20層ですら満足に踏破出来なかったであろう自信過剰な人間を守りつつ、30層手前まで守り抜く事が出来たのは、他でもない魔法学院始まって以来の『神童』がいたからであると、まだ彼らは気付いてすらいなかった。

四話　迷宮都市フィーゼル

――『ダンジョン』。

それは、世界各地に幾つも点在している迷宮。その、名称である。

時にそれは魔物の巣窟と呼ばれ。

時にそれは一生豪遊して暮らせる程のお宝が眠る秘境の場所とも呼ばれていた。

ダンジョンにはそれぞれ特色のようなものがあり、たとえば『4人以内のパーティー』しか立ち入る事が出来ない。

物理的な攻撃手段は一切が不可。

ダンジョン内にセーフティポイントが存在しない、等。様々な制約が特色として足を踏み入れた者に課せられる摩訶不思議《まかふしぎ》な仕組みとなっていた。

そしてそれらの数々の障害を乗り越えた先に存在するお宝や、ダンジョンを踏破してみせたという名声などを求めてダンジョンに潜り続ける人間の事を――人は『冒険者』と言った。

＊　＊　＊

ガルダナ王国北端に隣接する国、ノースエンド。

そこに位置する地——迷宮都市フィーゼル。

王都にて偶然再会したショートボブの少女ヨルハとその仲間達は、4年前に魔法学院を卒業した後、その地へと向かい、かれこれ4年もの間、ずっと拠点を変えずにダンジョン攻略に励んでいたという。

その理由は単純明快で、フィーゼルは迷宮都市と呼ばれるだけあって多くのダンジョンが存在する世界的にも稀有《けう》な場所であった。

そして、その難易度も王都のダンジョンとは比較にならない程に困難であったから。

曰《いわ》く、ダンジョンの特色が悪辣を極めている、とか。

「王都のダンジョンは、パーティーは4人までって人数制限があったけど、フィーゼルのダンジョンはそれに加えて回復魔法が使えない。とかでね。ほんと、制限だらけだよ」

でもだからこそ、攻略のし甲斐《がい》もあるし、得られるものもその分、大きかったりもするんだけどね。

そう言って、偶然にも再会したあの日、差し伸べられたヨルハの手を握り締め、乗り合い馬車を用いて移動する事、早5日。

ようやく迷宮都市フィーゼルに到着した俺はヨルハと言葉を交わしながら旧友であり元パーティーメンバーでもあるオーネストや、クラシアの下へと案内をして貰っていた。

「……でも、良かったのか？」

「ん？　何が？」

「ここまで連れてきて貰って今更ではあるんだけどさ、フィーゼルのダンジョンっていうと、色々と制約があった気がするんだけど」

「ああ……」

基本的に、ダンジョンはそこに位置する国によって管理が為《な》されている。

たとえば、ガルダナ王都のダンジョンであれば、ガルダナ王国が管理をしている。

そんな感じに。

その為、偶《たま》に、ダンジョンへ潜る人間は何歳以上でなければならない。等《など》の制約がダンジョンを管理する国から課されている事があるのだ。

……俺の記憶が正しければ、フィーゼルのダンジョンは30層以上の深層へ潜る際、フィーゼルにて2年以上の冒険者経験がある者に限る。

などという条件があったような。

うろ覚えとなってしまっていた記憶を引っ張り出して、その旨を尋ねると案の定、ヨルハは居心地が悪そうに「あ、あはは……」とぎこちない笑みを漏らし、渋面を浮かべていた。

「そ、それについてはまた後で話すつもりではいたんだけど……で、でもね！　心配はいらないよ！　その件に関してはクラシアが解決してくれてるから！」

しかし、解決していると言う割に、ヨルハの表情の端々には不安だとか、焦燥感だとか。

間違っても安心出来る要素たり得ない感情がちりばめられており、素直に「そうか」と言って安心出来る筈もなかった。

「く、クラシアか……」

何より、俺の知るクラシア・アンネローゼという少女は、色々と難しい性格をした人間であった筈だ。

基本的に「事なかれ主義」で、面倒事を嫌う人間ではあるのだが、一度火がついたら誰も止められないのがクラシアである。

加えて、「事なかれ主義」が災いしてか。

偶に投げやりになってしまうところもあると知っている為、素直に「そうか」と納得出来るわけもなくて。

そんな彼女と6年も行動を共にした俺から言わせれば、不安以外に言葉は見当たらなかった。

「フィーゼル支部のギルドマスターにも話はもう通してあるって、ボクがアレクを迎えに行く前に言ってた……よ？」

「なんでそこで疑問形になる」

……俺は兎《と》も角《かく》、なんでお前までその内容を知らないんだよ。

というか、クラシアの事を信頼してなさすぎだろ。

言葉にこそしなかったけれど、じーっと見詰めて訴え掛ける俺の視線が居心地悪かったのか。

ヨルハはぷぃ、と顔を背け、「……どうしてだろうね？」などと言い訳にすらならない言葉を続けていた。

「……ま、みんな相変わらずで安心したよ。ヨルハも、クラシアも、オーネストもみんな変わってなくて」

　此処にいないもう一人の友人、オーネストの事については乗り合いの馬車に揺られる中でヨルハから聞いていた。

　曰く――――。

『ボク達、フィーゼルのとあるダンジョンの攻略を進めてたんだけど、ちょっとその難易度が高くて詰まっちゃったんだ。で、どうしたものかってなった時に、オーネストがアレクを呼んだら良いんじゃねーのとか言い出してさ。珍しくクラシアもオーネストの意見なのに、それに同調しちゃって……その、うん、じゃあ迎えに行くか、みたいな？』

　俺を迎えに行ってこい。

　と言い出した人物はどうにも、オーネストであったらしい。

　自他共に認める実力の伴った自信家であるオーネストはこうと言い出したらたとえ誰に否定されようとその意見を曲げる事はない。

　ヨルハがこうして俺を迎えに来てくれていたあたり、頑として「さっさと迎えに行くぞ」と言って聞かなかったのだろう。

　だが、オーネストに任せると面倒臭い事になる気しかしなかったからヨルハが一人で来たとも言っていた。

「まあまだ4年しか経《た》ってないからね」

　4年で変わってたらそれこそ驚きだよと言って笑い合う。

「でも、そっか。そういう事なら、期待に応えないとな」

今の俺がどこまで出来るのか。

それは分からない。

でも、向けられたその期待に、心から応えたいと思った。

ただ、俺のその発言はヨルハにとって何か思うところでもあったのか。

彼女は仕方が無さそうに苦笑いを浮かべていた。

「王都の時からずっとそうだけど、もっと自信を持ちなよ、アレク」

先の俺の言葉が、自信の無さのあらわれであると見透かした上で、ヨルハが言う。

「何と言っても————アレクはボク達の首席なんだから」

だから、自信を持てと言葉が繰り返される。

「……何年前の話をしてんだか」

「4年前。ほら、全然昔じゃないよね」

ヨルハに自虐は通用しない。

その事実を身をもって知ってしまい、倣うように俺までも苦笑いを浮かべた。

「それに、ブランクの事を心配してるのなら、それはいらない心配だよ」

……どうしてだろうか。

そう問いを投げるより先に、返ってくる言葉。

「だって、アレクにはボク達がいるんだから。パーティーは支え合い、でしょ?」

だから心配をする必要はないと。

言外にそう告げられてしまっては、もう俺に出来る事はといえば「そうだな」と言って笑う事くらい。

故に、やはり敵《かな》わないなと、俺は思った。

「……そう、だな」

「うん。よろしい」

満足気に、ヨルハは屈託のない眩しい笑みを向けてくれた。

そうこうしている間に、気付けば俺達は冒険者を取り纏《とまと》める場所であるギルドの目の前にまでたどり着いていた。

そして、建物の中へと足を踏み入れようと試みて。しかし、

「────よう」

突然、俺達に向けて声が掛けられたことで、その足が反射的に止まる。

聞き覚えのない声音。

けれど、それが俺やヨルハに向けて発せられたものであるとどうしてか、分かってしまった。

「久しぶりじゃねェか、ヨルハの嬢ちゃん。半月ぶりってところかね？」

程なく紡がれるヨルハの名前。

「お久しぶりです、ギルドマスター」

そんな彼の発言に対し、ヨルハは礼儀正しく言葉を返していた。

肩越しに振り返る事で声の主を確認。

ヨルハからギルドマスターと呼ばれていた彼は、俺よりもひと回り以上大きい巌《いわお》を思わせる大男であった。

顎に拵《こしら》えた無精髭《ぶしょうひげ》を右の手で触りながらも、時折、俺と目を合わせ、値踏みするかのような視線を向けてくる。ただ、それも数回程度。

だから特別、不快に思う事もなかった。

「全く、大変だったんだぜ？　ヨルハの嬢ちゃんがいねェからクラシアの嬢ちゃんとオーネストのボケの間を取り持つ事の出来るやつがいなくてよォ……この半月、荒れに荒れてたぜ」

「す、すみません……」

魔法学院時代もそうだったが、冒険者として活動するようになってもあの二人は変わらず問題児として名を馳《は》せているらしい。

……どうしてか。不意にずきりと胃が痛んだような。そんな錯覚に陥った。

「まぁいいさ。こうしてヨルハの嬢ちゃんが戻ってきてくれたんだからよ」

——あの二人を抑える役目も今日で終わりと思うと肩の荷もおりるってもんだ。やっと枕を高くして寝られるぜ。

そう言葉を続ける彼に対しては、その内情を薄《うっす》らと理解出来る為、同情の念を抱かずにはいられない。

ただ、彼の言葉はそれで終わりではないようで。

「────で。ヨルハの嬢ちゃんが戻ってきたってこたぁ、そっちがクラシアの嬢ちゃんが言ってたアレク・ユグレットって認識で良いのかね？」

何処か愉《たの》しそうに、嬉しそうに。

ギルドマスターと呼ばれていた大男はそう言って不敵に笑った。

五話　レヴィエル・スタンツという男

「話は聞いてるぜ？　ガルダナ王国の魔法学院を首席卒業し、宮廷魔法師になった平民上がりの魔法使いなんだってな？　んでもって、ヨルハの嬢ちゃんらの元パーティーメンバー」

並べ立てられた言葉に間違いはない。

だから、その言葉に対して肯定をしようとして、

「あの、ギルドマスター」

しかし、それをするより先にヨルハが割り込んできた。

「あー、分かってる分かってる。クラシアの嬢ちゃんから既に事情は聞き及んでる。アレだろ？　ダンジョンの深層に下りる許可が欲しいんだろ？」

そう言って、男は右の人差し指と中指で挟んだカードのようなものをくるくるとこれ見よがしに弄《いじく》りまわす。

「それは？」

「通行証みたいなもんだ。フィーゼルのダンジョンは30層を超えた瞬間から難易度が跳ね上がっちまうんで、制限を課してるのさ。ま、冒険者を無駄に死なせねえ為の措置と思って貰えりゃいい」

こうやって何らかの策を講じていれば特別感ってもんが出るだろ？　するとビックリ。冒険者共も割りかし警戒心を高めてくれんのさ。

だから、冒険者の為にあえて制限を課しているのだと男は言う。

「……ただ、本来、この通行証を発行するにゃ、フィーゼルでの冒険者歴が最低でも2年ある事が条件なんだが、あろう事か、そんな心配はいらないからつべこべ言わずに発行しろってクラシアの嬢ちゃんが言って聞かなくてな……」

疲労感を滲《にじ》ませ男は遠い目をしながら語ってくれる。

……どうせそんな事だろうと思ってたよ。

クラシアの性格を知っているからこそ、真っ先にそんな感想が出てきてしまう。

横目に確認するヨルハの表情も、俺と何ら変わりない呆《あき》れ一色に染まっていた。

「だが、困った事に、今回ばかりはクラシアの嬢ちゃんの言葉は正論でな。確かに、本当に実力に問題がないのなら、今ここで通行証を渡しても何ら不都合はねェんだ。なにせ、この制限は冒険者を死なせない為のものだからな」

あくまで、冒険者の為にある制限。

だから、例外的措置を認めても構わない。

彼の言葉はまるで、そう言っているようにも捉える事が出来た。

「オーネストのボケは兎も角、クラシアの嬢ちゃんやヨルハの嬢ちゃんとパーティーを組むってんならその時点で例外的措置を認めても良かった――――が、嬢ちゃんらの潜る階層を考えるとちょ――っと無理があってなぁ？」

お前らどうせ、肩慣らしにって事で半年ぐらい浅層で活動する。とかしねえんだろ？

真っ先に深層の攻略再開すんだろ？　と、ひっきりなしに訴え掛けてくる男の視線に向き合う事なく、ヨルハは目を逸《そ》らし、消え入りそうな声で反論をしていた。

「…………その為に呼んできたんだから、当然です」

「4年もぬるま湯に浸《つ》かってたヤツに、フィーゼルのダンジョンの52層は無条件で許可はできねェ。もし死んだとあっちゃ、まるでオレが殺したみてえになるじゃねェか」

寝覚めがわりぃんだよクソッタレ。とぶっきらぼうに言い放つ男の言い分はもっともであった。

恐らく、俺が逆の立場でもそう言ったと思う。

だから、反論しようとは思えなかった。

「────ただ、」

しかし、男の言葉にはまだ続きが用意されていたようで。

「さっきも言った通り、この制限は冒険者を死なせない為の措置でしかねェ。つまり、だ。オレにヨルハの嬢ちゃん達の言う実力を認めさせてくれりゃ、オレが通行証を《コイツ》お前さんに渡さねえ理由はねェってこった」

「じゃあ、俺にどうしろと？」

「ここで、じゃあ実力を見る為にダンジョンに潜ってこい。って言いてェのは山々だが、一人で潜らせるとなると本末転倒になる」

何の為に通行証を与える事を渋ってんのか分からなくなると男は言う。

「……ギルドマスター。そんな勿体《もったい》ぶってないで、早く結論を言って下さい」

「まぁ、つまりだ。オレが直々にその実力とやらを見てやるって事だよ」

「……成る程」

通行証を渡す渡さないの権限が彼にあるのであれば、それが道理であると思った。

しかし、その事に何か不都合でもあるのか。

隣にいたヨルハは、険しい表情で下唇を軽く嚙《か》み締《し》めていた。

「……そんな事だろうと思ったよ、クラシア」

「ま、これはクラシアの嬢ちゃんからの提案なんだけどなぁ？　オレがお前さんの実力を認めさえすれば通行証はくれてやる。それだけの話さ。簡単だろ？」

この場には居ないクラシアに毒突いているであろうヨルハとは裏腹に、大男は楽しげに破顔していた。

別に倒せとは言われていない。

突き付けられた条件は、認めさせる事。

だから、そう難しい事とは思えなかった。

なのに、どうしてヨルハはそんなにも険しい表情を浮かべているのかと疑問に思ったのも刹那。

「気にすんな気にすんな。嬢ちゃんらには例外的措置は認めず、2年間オレが頑として通行証を渡してやらなかったんだよ。嬢ちゃんのその態度は、きっとそれが理由だ」

そういえば、4年前も丁度こんな感じのやり取りだった気がするしなあ。思い出してんじゃねえか？　と、男は意地悪い笑みを浮かべる。

　ヨルハの口角が恨みがましそうにピクピクと微かに痙攣《けいれん》しているあたり、それは本当の事なのだろう。

「……オーネストが馬鹿やらかしたんだ。フィーゼルに来てまだ1ヵ月くらいの時、だったかな。通行証を寄越せって直談判《じかだんぱん》しに行って、ギルドマスターのオレに勝てたらなって条件を呑《の》んだ挙句、結果は惨敗。お陰でボク達全員、2年間も深層の攻略をさせて貰えなかったんだ」

　その行動は、自信家のオーネストらしいなと思った。

　でも、彼は間違っても口だけのヤツではない。

　実力もちゃんとあった。

　それは俺が一番知ってる。

「惨敗とはひでえ言いようだ。確かにあの時はオレが勝ったが、あと10年もありゃ立場は逆転だろうよ。オレのコンディションが最悪だったら負けすらもあり得たかもしんねェのによ」

　そう言って、男は彼なりにオーネストを褒《ほ》め称《たた》える。だが、それはつまり、あと10年は彼がオーネストに勝てる人間である、という自信のあらわれ。

「で、どうするよ。アレク・ユグレット。やるか。やらねえか。オレとしちゃあどっちでもいいぜ？　ただ、通行証はこの条件以外で特例を認める気はオレにゃねェけどな」

　であるならば、是非もない。

　元より、俺の力が必要だと言ってヨルハが迎えに来てくれた。なのに、ここまで来て力になれませんでは話にならない。

俺は彼女らの期待を裏切りたくは無かった。

だから、

「……期待に添えるかは分かりませんが、それでも、全力を尽くさせていただきます」

「よし決まりだ。じゃあこっちついて来い。とっておきの場所に案内してやる」

そう言ってヨルハに代わって先行し、ギルドに足を踏み入れようとする彼であったが、何を思ってかピタリと足を止めて、振り返る。

「そういや、まだ名乗ってなかったよな。オレは、レヴィエル。レヴィエル・スタンツだ。一応、フィーゼルでギルドマスターをやらせて貰ってる」

レヴィエル。

名乗られたその名前に、どうしてか覚えがあった。それは一体、どこで聞いた名前であっただろうか。

「んでもって、10年近く前まではとあるSランクパーティーで冒険者をやってた」

レヴィエル・スタンツ。

……ああ、そうだ。

レヴィエルとは、Sランクパーティー所属の冒険者の名であった。

全盛は既に過ぎているだろうが、それでも凄腕《すごうで》の魔法師であったという事実に変わりはない。

「宜《よろ》しく頼むぜ？　アレク・ユグレット」

六話　手合わせ　vs.レヴィエル

＊　＊　＊

「――ようこそ、〝ギルド地下闘技場〟へ」

改まって、レヴィエルがそう告げる。

とっておきの場所と言われ、案内をされた先はギルドの中。その、更に奥。

地下に続く階段を下りた先に位置するひらけた場所であった。

曰く、〝ギルド地下闘技場〟。

最低限の装飾のみの殺風景の事を、レヴィエルはそう呼んでいた。

「ま、オレが勝手にそう呼んでるってだけでもあるんだがな。主に此処はパーティーランクの昇級試験等に使ってんだ」

言葉を口にしながら彼は歩き続ける。

そして間合いが20メートル程になったあたりで足を止め、俺に向き直る。

その際、付いてきていたヨルハは既に〝闘技場〟の端へと移動をしていた。

やがて、レヴィエルは両の手を突き出して一言。

「――〝竜鱗蠢く《ドラグニル》〟」

中指に嵌《は》められていた無骨な銀の指輪はその一言に反応し、光を帯びる。

程なくその光は指輪だけでなくレヴィエルの両腕全てを包み込み――――眩《まばゆ》い光が収まった後、彼の腕にはまるで竜の腕を思わせる籠手《こて》らしきものが装着されていた。

「……〝古代遺物《アーティファクト》〟。それも、随分と高位そうですね、それ」

「おうよ。これは冒険者やってる時に偶然見つけてなあ？　それ以来、使い勝手が良いんで、こうしてずっと使ってんのさ」

ダンジョンの中に眠るお宝。

その一つに、〝古代遺物《アーティファクト》〟と呼ばれるものがある。

明らかに人の手によって造られたものであるのだが、その製作方法は全くの不明。

そしてそれは時折ダンジョンの中で見つかるという事実を除いて何一つ解明されていない謎だらけのお宝であった。

ただ、〝古代遺物《アーティファクト》〟にはそれぞれ強大な力が秘められており、それ故に、ダンジョン踏破を目指す冒険者であれば、誰もが喉から手が出る程に欲している。

「そら。お前さんも得物を出せよ。聞いてるぜ？　剣を使うんだろ？」

そう言われて、思い出す。

「……あぁ、そうだった。忘れてた」

そういえば、もう剣は使っていいんだったか。

「……あ？」

俺のその返しに、レヴィエルは怪訝《けげん》に眉を顰《ひそ》める。

「……あー、えっ、と、ガルダナの宮廷はそれなりに選民意識が強くて。……剣は貴族にこそ相応《ふさわ》しい。なんて言われて4年使わせて貰えなかったんです」

人前では使えないという意識が4年の間で身に染みついていたせいで、すぐに剣を準備するという選択肢が出て来なかったのだと俺は言い訳をする。

ただ、宮廷魔法師として活動していた時は、本当に制限しかなかった。

剣を使う事は禁じられ。

魔法に至っては王太子が自分が倒すのだと言って聞かず、王太子が使えない魔法を使おうとすると不敬であるだなんだと理由を付けて癇癪《かんしゃく》を起こす。

極め付けに、荷物持ち扱いをされていた俺は荷物を持っているせいで満足に両腕を使う事さえ出来てなかった。

だから、補助魔法を使って援護するくらいが俺に出来る最大限の貢献であったのだ。

「ですけど、心配はいりません。人前で使う事はここ数年ありませんでしたが、サボっていたわけではないので」

「くはッ、そうかい、そうかい」

明らかにソレと分かる「……大丈夫なのかよ」と気遣う色がレヴィエルの表情から見て取れた為、その心配を払拭するべく言葉を続けていた。

国王陛下からの命は王太子を死なせない事。

だからこそ、普段は禁じられているとはいえ、戦う手段を疎《おろそ》かにする事は出来なかった。

故に、剣はちゃんと使える。

「――〝魔力剣《ソード》〟」

先のレヴィエルに倣うように右の手を突き出し、そして言葉と共に生み出される魔力で生成された青白の剣をガシリと掴み取る。

「どうするよ。先手、譲ってやろうか？」

す、とレヴィエルの目が細まる。

獰猛《どうもう》な笑みを浮かべながらやって来るのは値踏みの視線。この言葉のやり取りからもう既に、彼は俺という人間を測っているようであった。

視界に映る彼の表情より感じられる絶対的自信。自分が負けるとは微塵《みじん》も思っていないその泰然とした佇《たたず》まいを前に、柄にもなく少しだけその鼻を明かしてやりたいと思ってしまった。

だから、あえて挑発をするように言葉を選ぶ。

「余計なお世話です」

「くかかっ、そうかぃッ⁉　そういう事なら、じゃあ加減もいらねェよなぁ？」

それが――始動の合図だった。

次の瞬間、レヴィエルの右手が突き出され、握り拳になっていた手が開かれる。

同時、俺は右足の爪先で地面を小突く。

「――〝加速術式《スペルブースト》〟」

キン、キン、キン、と耳障りな金属音が立て続けに場に響く。直後、俺とレヴィエルとの間にあった間合いに等間隔で真正面に浮かび上がる銀色の魔法陣。

そしてレヴィエルが一歩踏み込んだと同時、まるで弓から放たれた矢の如く、その場に残像だけを残して姿が掻《か》き消える。

浮かび上がった魔法陣をくぐる事で己自身に加速の補助魔法を重ね掛けする魔法——〝加速《スペル》術式《ブースト》〟。

けれど、直線的すぎる攻撃を行う相手ほど、与《くみ》しやすい相手もそうはいない。

「〝雷鳴轟く《サンダーボルト》〟——————ッ」

先程地面を小突いた時に用意した魔法陣を展開。

「おいおいオイ!! そんなんでオレを止められるもんかよ——————ッ！！！」

分かってる。

そんな事は、言われずとも分かっていた。

だから、こそ。

「————〝五重展開《フュンフ》〟ッ!!」

一方向だけではなく、四方八方あらゆる場所に同時展開をする。

展開された〝加速術式《スペルブースト》〟のお陰でレヴィエルがどこにやって来るのかが既に分かっているからこそ、俺の魔法は確実に命中する。

相手が幾ら速くなろうと、それすらも上回って攻撃を命中させる自信が俺にはあった。

「ほ、ぉ？」

視界を覆う雷光。五重に展開された魔法より、撃ち放たれるは、容赦のない雷撃。

その直前に見えたレヴィエルの表情は驚きの色に染まっていたようにも思えて。

けれど、ずどんっ、と劈《つんざ》き、撃ち貫いたであろう攻撃にあてられて尚《なお》、

「――だが、それでもまだ足りてねェ」

オレを止めるには、まだ。

直撃した筈だというのに、目の前から覚えのある声がやって来た。そして、舞いあがる砂煙をその身でもってかき分け、突進。

やがて、竜の腕を思わせる籠手と先程造り出した魔力剣が衝突した。

「…………っ」

だが、向こうは助走をつけた上で突撃をしてきた分、威力が上乗せされているが、しかし俺はそうでない。

故に、柄を伝ってやって来る尋常でない重みに、歯を食いしばり、隙間から呻《うめ》き声を漏らしながらも受け止めようと試みるも、すぐにそれが不可能であると悟る。

「こ、の……っ」

真正面から受け止めるのが無理であるならば、その攻撃を逸らすまで。

常軌を逸したその攻撃に対し、身体《からだ》を強引に捻《ひね》り、後ろに受け流す――――ッ!!

「……っ、とッ⁉」

もう少し粘るとでも思っていたのか。

思いの外《ほか》、簡単にその攻撃を後ろに受け流す事に成功した俺は、真っ向から対抗していた力が失われた事で前のめりにバランスを崩したレヴィエルに対して、追撃にかかる。

この好機を、逃すわけにはいかなかった。

手に握る剣の柄にでき得る限りの力を込め、今頃たたらを踏んでいるであろうレヴィエルに対し、真一文字に薙《な》ぎの一撃を見舞おうと試みる。

しかし、

「甘ェ、んだよ――――ッ」

予想していた光景はそこには広がっておらず、あろう事か、たたらを踏むどころか一足で踏《ふ》み止《とど》まり、不敵に笑って迎撃態勢を整えていた。

そして再び合わさる剣と、籠手。

飛び散る火花と共に、ひときわ大きな金属音が響き渡った。

七話　名ばかりの「腕試し」

＊＊＊＊

「もー、捜しましたよギルドマスター。用事が済んだらすぐ帰ってくるとか言ってた癖に全然帰ってきてくれないんですから……って、あれ？」

サイドテールに結った亜麻色の髪をぴょこぴょこと揺らしながら、疲労感を滲ませる物言いで、フィーゼルのギルドにて受付嬢をしている少女——ミーシャはそう呟いた。

——ギルドマスターなら、〝地下闘技場〟の方に向かってたよ。

同僚に聞き回り、やっとの思いでギルドマスターであるレヴィエルのいる場所を突き止めたはいいものの、いる筈の場所に彼の姿はなくミーシャは困惑を隠せないでいた。

それどころか、綺麗《きれい》に整備されていた筈の〝闘技場〟にはそこら中に割れ目のようなものが幾つも点在。加えて隕石《いんせき》でも落ちたのではと思ってしまう複数の痕跡を前に、ミーシャは思わず手の甲で目を擦る。

これは、夢か何かだろうか、と。

そんな折、

「ギルドマスターなら、あそこにいるよ」

声がやって来た。

それはミーシャにとって聞き覚えのある声。

「ヨルハさん……？」

「うん。半月ぶり、かな？」

端の方で突っ立っていた人物の名は、ヨルハ・アイゼンツ。

ミーシャも知る冒険者の一人であった。

そんな彼女が指を差した先は、不自然に砂礫《されき》が舞い上がり、砂煙が立ち込めていた。

そこに時折、金属同士がぶつかるような耳障りな衝撃音と、苦悶《くもん》に塗《まみ》れた声が入り混じる。

そして風を斬る音と、弾《はじ》ける火花を前に、漸くミーシャは事態を把握した。

「────」

ただ、おおよその事態を飲み込めはしたものの、しかしだからこそ、ミーシャは言葉を失っていた。

砂煙に邪魔をされながらも辛《かろ》うじて姿を視認する事が出来るが、目にも留まらぬとは正にこの事。

仮にもギルドマスターが。

仮にもSランクパーティーの冒険者だった人物が、どんな事情があれば、こんな命のやり取りにしか見えない戦いを繰り広げる事になるのか、と。

少なくとも、ミーシャの目には相手の姿こそ鮮明に見えてはいないものの、レヴィエルと相手の間に力量の差は一切無いように思えた。

響く轟音《ごうおん》。

飛び散る火花。

虚《むな》しい鉄の音が幾度となく場に木霊《こだま》し、ミーシャの鼓膜をひっきりなしに殴りつけて来る。

「何を、なさってるんですか」

ぽかんと呆気《あっけ》に取られる事数十秒。

それだけの間を置いて漸く、ミーシャは事情を把握しているであろうヨルハに尋ねる事が出来ていた。

「腕試し」

「……何の為に？」

「通行証の発行を特例で認めるか否かを決める為だよ、ミーシャちゃん」

……成る程と、ミーシャはそう思った。

偶にあるのだ。

レヴィエルが通行証を特例で認めろと煩《うるさ》い人間を黙らせる為にこの〝ギルド地下闘技場〟を使って取引を持ちかける事が。

だけれど、これはヤバイ。

姿は未だ見えていないが今回の相手は明らかにそこらの冒険者とは格が一つどころか、二つくらい違う。

もう、十分じゃないですか。

そんな言葉が真っ先に浮かんでしまう程に、殺し合いにしか見えない「腕試し」とやらは鮮烈に過ぎた。

「……止めないんですか、ヨルハさん」

「声を出したところで今、あの二人に言葉は届かないだろうし、何よりボクじゃあ止められないよ。だってボク、〝補助魔法〟に特化してる魔法師だし」

ミーシャちゃんだって知ってるでしょ？

と、ヨルハが指摘した事で「……そうでした」と彼女がうな垂れる。

「……というか、ヨルハさん相手の方の事をご存知なんですか？」

「ご存知も何も、ボクが呼んできたからね。ここ半月、フィーゼルに居なかったのはそれが理由だもん」

ふふん、と何故か鼻高々に、嬉しそうにヨルハが答えてくれる。

「名前はアレク・ユグレット。ガルダナ王国にて、ついこの間まで宮廷魔法師をやってたんだけど、辞めさせられちゃったらしくてそこをボクが掻《か》っ攫《さら》ってきた」

どうだボクのこの手腕は。

と言わんばかりにドヤ顔を決めるヨルハに、ミーシャは少しだけ呆れながらも、「ソウデスネ」と棒読みでその場逃れの肯定をしていた。

「……それは兎も角、とんでもないですね。その、アレクさんって方。多重展開どんだけやれるんですか……」

魔法の同時展開は通常、２つ出来れば普通。

３つで優秀。

４つや５つで天才などと世間では評されている。

ただ――――。

「あれ、10は出来てますよね。それを避《よ》けちゃうギルドマスターは相変わらずの化け物ですけど、10も同時展開出来る人なんて聞いた事もないですよ……」

「ま、ボクを押《お》し除《の》けて首席卒業をしたんだからそれくらいはやって貰わないと」

ミーシャも、随分と昔に話を聞いていた。

フィーゼルにて頑として３人でパーティーを組み続ける一風変わった冒険者達。その彼ら彼女らが、３人でダンジョンに挑み続ける理由を。

ただ、メンバーである３人全員がＳランクパーティーの冒険者すらも認める規格外である為にあえて４人ではなく３人で挑もうとするその姿勢に、表立っての批判はなかった。

そして何と、彼らは同期で魔法学院を卒業した仲である。

その事実はフィーゼルでも広く知られていた。

ただ、話にはまだ続きがあり、規格外と認められるその３人であるが、当時の魔法学院において３人とも１番ではなかったのだ。

確かレヴィエルも当時は驚いていた筈だ。

――――よりによって同期にお前らより更に上がいたのかよッ⁉　冗談だろオイ⁉　と。

「とっととぶっ倒れちまえやッ、オラァ――――っ！！」

刹那、割れんばかりのレヴィエルの怒号が響く。

最早、それは意地であった。

もし仮に、アレクの能が魔法だけであったならば、恐らく既に決着はついていた事だろう。

しかし、彼の場合は剣の扱いにも長《た》けていた。

そして、その剣も尋常な腕では無かった。

縦横無尽に繰り出されるレヴィエルの拳撃、拳撃、拳撃、拳撃。巨漢と形容すべき大きな体軀《たいく》、その全てを使った一撃はまともに喰《く》らえばまず間違いなく致命傷に至る。

だが、その一撃があまりに遠過ぎた。

故にこうして十数分もひたすら「腕試し」の範疇《はんちゅう》を優に超えた手合わせを敢行する羽目になっていたのだ。

「ところで、ミーシャちゃんってどうしてギルドマスターを捜してたの？」

自分では止められないからと割り切っているのだろう。

そんな二人をよそに、ヨルハは平然とした様子で〝闘技場〟へやって来たミーシャに問い掛ける。

「あ、ああっ‼　そ、そう！　そうでした！　ギルドマスターにしか対処出来ないからって事で私がこうして呼びに来たんでした！」

目の前の現実離れした光景にすっかり気を取られてしまっていたのだろう。

お陰でどうやら、本来の目的を忘れてしまっていたらしい。

「ギルドマスターにしか？」

「は、はい。えっと、ギルドの中でちょっと揉《も》め事《ごと》がありまして。その仲裁をギルドマスターに
――――」

――お願いしたくて、今すぐに呼んでこいと同僚から。

と、本来であれば続いた筈の言葉であったが、それが最後まで紡がれる事はなかった。

その理由は単純明快で。

「おいおいオイ。随分とおもしれーことやってんじゃねーか!!　帰って来たんならそうと伝えにこいよ。なあ、ヨルハ」

「……あーあ。面倒臭いヤツに見つかっちゃった」

この〝闘技場〟に入ってきたもう一人の人物がミーシャの言葉を遮ったからであった。

楽しそうに、嬉しそうに声を弾ませるその男の名は、オーネスト。

ミーシャが〝闘技場〟にやって来る理由を作った元凶であり、それでもってアレクを迎えに行けと言い出した張本人であった。

八話　オーネスト・レインとの再会

「それで、戦況は」

「五分五分ってところじゃ無いかな。でも、ギルドマスターは〝古代遺物《アーティファクト》〟を使ってるから長期戦になればなるほどアレクが不利」

――――〝竜鱗蠢く《ドラグニル》〟。

レヴィエルが使用するその〝古代遺物《アーティファクト》〟は、籠手のような形状を取り、得物として扱う事の出来る能力を持つ他、使用者の疲労回復といった効果すらも見込める装備。

それを知るヨルハだからこそ、長期戦ともなると不利であると口にする。

「あー、それでか。あのジジイが焦ってる理由は。そりゃ焦るわなあ。元とはいえ、Sランクパーティーの冒険者サマが〝古代遺物《アーティファクト》〟を使っても尚、勝ち切れないとあっちゃまずいもんなあ」

ここぞとばかりにオーネストはケタケタと笑う。そこには愉悦と、ざまあみろ。と言わんばかりの恨みがましい感情が込められていた。

力量の差は少なくとも現時点では見受けられない。とすれば、拮抗《きっこう》状態はまだ続く。

しかし、いつまでもこうして「腕試し」とは名ばかりの戦闘を繰り広げるわけにもいかず、圧倒的有利な立場である筈のレヴィエルは焦りを感じずにはいられなかったのだろう。

現に、早く決着をつけようと言わんばかりに、度々、挑発するように叫び散らしていた。

「それにしても、よくアレクを連れて来られたな。言い出したのはオレだが、ぶっちゃけアレ、ダメ元だったのに」

「……あー、うん。ボクも半ば諦めてたんだけど、偶々《たまたま》運が良かった……って言っていいのかな。まぁ、うん。アレクにも色々あったみたいでね……」

ヨルハはオーネストから目を逸らし、遠い目で視線を地面に落とす。

そこには同情、というより、ハナから分かっていたと言わんばかりの呆れの感情が込められていた。

「ガルダナお決まりの選民思想か」

そして、頑張って取り繕おうとしていたヨルハの言葉でオーネストは全てを悟る。

4年前。

魔法学院を卒業する際にアレクの進路に反対の意を彼らが示した理由は決して共に冒険者になりたいから。だけではなかった。

ガルダナ王国は〝ど〟が付くほどの選民思想が強く根付いている。

だからこそ、何よりも血と地位を重んじる貴族が支配する宮中にアレクが進もうとするその道に彼ら彼女らは挙《こぞ》って反対していたのだ。

宮廷魔法師になど、なるものじゃないと。

「ま、分かってた事だろ。あそこは平民には厳し過ぎる。変なプライドを持ったヤツらの巣窟だ。オレなんて1日でおかしくなるわ」

……だから、4年も耐え忍べただけ大したもんだろ。

そう言って、オーネストは普段の彼らしく無い賛辞の言葉を付け加えた。

「それで、アレクのヤツは何をやってたって？」

「王太子のお守り」

「お守りだあ？」

「そ。王太子の率いるパーティーで、お守りをやらされてたんだって。ちなみに言うと、剣と殺傷性高めの高ランクの魔法は軒並み使用不可。アレクの場合、手とか使って魔法の照準を合わせてたから、荷物持ちをさせられて両手が満足に使えないせいで、味方に被害を出さない為にも害のない補助魔法しか使えなかったみたい」

「……三重苦どころの話じゃねえな。……というか、待て。今、補助魔法っつったか」

「うん。言ったよ」

「そりゃおかしいだろ。アイツ、補助魔法は、一、切、使、え、な、か、っ、た筈だろうが」

正確に言うと、補助魔法を魔法学院にいた6年間、一度も使っていなかった。が、正解であったのだが、アレクは魔法学院で補助魔法を一切学んでいない。それ故にオーネストのその言葉も強《あなが》ち間違いではなかった。

「魔法学院ではボクがいたからね」

自他共に認める補助魔法に特化した魔法師、ヨルハ・アイゼンツ。

彼女の存在があったからこそ、アレクやオーネストは補助魔法を学ぶ必要が一切なかった。

どれだけ補助魔法を修練しようとヨルハにだけは及ばないと明らかに分かっていたから。

だから、補助魔法については彼女に任せきりだった。

なのに、あろう事かヨルハはアレクが補助魔法を使っていたのだと口にした。

そして王太子の率いるパーティーのお守りをしていたと。

「じゃあなんだ？　アイツ、使えもしねえ補助魔法を独学で使えるように仕上げて、剣も得意の魔法も使わずにお守りやってたって言うのかよ？」

その上で、足手纏いでしかない王太子のお守りをやっていたと。

その役目を一応はこなせていたと。

――――とてもじゃないが信じられねえな、オイ……!!

喉元付近にまで出かかったその言葉をすんでのところでオーネストは飲み込んだ。

「……何層だ」

「うん？」

「アレクのヤツは、何層までお守りしてたって言ってたよ。もうヨルハは聞いたんだろ？」

「29層。ついでに言うと、高慢ちきな残りのパーティーメンバーから時折嫌がらせされた上でその階層だからね。2ヵ月くらい先に進めなくて、痺《しび》れを切らした王太子がアレクをクビにしたらしいよ」

「……えげつねえな」

その言葉は、それだけの制限を課した王太子に対してなのか。

はたまた、その上で宮廷魔法師という地位にしがみつけていたアレクの力量に対してなのか。

「……てめーがいたからオレは知ってるが、補助魔法は決して馬鹿にしていい代物じゃねえ」

補助魔法とは、身体能力を向上させる魔法の他にも、相手の行動を制限する等、様々な観点より味方を補助する為の魔法である。

そしてその効果は、使用者の腕次第で大きく上下する。

ここで一つ、疑問が浮かび上がった。

ヨルハ程でないにせよ。

補助魔法を一切学んでいなかったにせよ。

それでも、使っていたのはあの、アレク・ユグレットである。

オーネストや、クラシア、ヨルハを押し除けて首席で卒業したあのアレクが補助魔法に徹していた。

だとすれば、恐らくその効果は平凡とは程遠いものであった筈なのではないのか？

……何より、アレクは魔法学院時代に王都のダンジョンを幾度となく攻略している。

恐らくその経験があったからこそ何とかなっていた部分もある筈だ。

「……下手すりゃガルダナの王太子はダンジョンに骨を埋める羽目になるな」

「でも、アレクに非は何一つとしてないよ。勝手な都合で追い出したのは向こう側だからね」

だから同情の余地はこれっぽっちもなくない？　と、ヨルハは平然と言い放つ。

「……アイツの親父さんはどうしてるって」

「他国で気ままに暮らしてるみたい。だから、心配はいらないと思うよ」

アレクが宮廷魔法師を志願した理由でもあった彼の父は既に王都を後にしていた。

だから、ヨルハは心配無いと言う。

もし、自分で追い出しておきながらも、何か自業自得の不幸に見舞われ、アレクにその怒りの矛先を向けようと、他国にいる父にはおいそれと手は出してこないだろうと。

「そうかよ。なら…………なんて話してる間に、あっちはケリがつきそうだな」

メキリ。

そんな痛々しい幻聴が聞こえる程にアレクの腹部にクリーンヒットしてしまう拳撃。

同時、一切の容赦なく展開された魔法陣に四方八方囲まれ、撃ち貫かれながらもその拳を振り抜こうと試みるレヴィエル。

——痛み分け。

正しくそう表現すべき光景がそこにはあった。

やがて、ビリ、と大気が振動し、その余波が小さな風となってヨルハ達の頰を撫《な》でた後。

オーネストのすぐ側を通過して、勢い良く吹き飛ばされてくるナニカ。

それは砂礫を盛大に巻き込み、〝闘技場〟の壁へ衝突。ガラガラと崩れ落ちる音が続くように聞こえてきた。

程なくオーネストはヨルハとの会話を打ち切り、飛んできたナニカへと視線を向けて歩き出す。

常人ならば明らかに致命傷。

しかし、アレクならまぁ、なんか対策してんだろ。そんな考えを彼が抱いていたからこそ、特別急ぐ事もなく、ゆったりとした足取りで

「よお。元気そうで安心したぜ。なあ？　アレク────」

ゲホゲホと咳《せ》き込《こ》みながらも、腹部を押さえて立ち上がろうとしていた人物に向かって、オーネストは声を掛けていた。

──攻め、きれない。

そう判断したからこそ、俺はあえて腹をガラ空きにし、隙を見せて多少の傷を容認する事で決め手に訴えたものの、

「……耐久力高過ぎだろ」

容赦ない連撃を見舞ったにもかかわらず、場に巻き上がる砂煙越しに映る人影。

それは、相対していたレヴィエルがまだ戦闘不能になってはいないという事実に他ならなかった。故に言葉を吐き捨てる。

幾ら何でも、あれは耐久力が高過ぎだ。

……ギリギリのタイミングで腹部を庇《かば》うべく差し込んだ右手の状態を確認しつつ、ゲホゲホと咳き込みながらも、立ち上がろうとする俺に投げ掛けられる声。

──よお。元気そうで安心したぜ。なあ？　アレク。

俺の鼓膜を揺らす親しみ深い声音。

視界不良の中でも存在感を主張する赤色の髪。

いつの間にこの場へとやって来たのか。それは分からないが、それでもそう声を掛けてきた人物を俺はよく知っていた。

「……オーネスト」

「おう。オレさまだ」

嬉しそうに。楽しそうに声を弾ませながら、相変わらずの不遜さを一言で見せ付けてくれる。それがどうしようもなく懐かしくて。

4年ぶりに耳にしたその声を前に、気付けば俺の口角は微かに吊《つ》り上《あ》がってしまっていた。

「オイッ、ジジイ‼　実力は十分ってもう分かったろ。だからとっとと諦《あきら》めろ‼　こっちは明日にでもダンジョンの攻略を再開してえってのに、これ以上アレクを無駄に疲労させたくねえ‼」

程なくオーネストは俺から視線を外し、少し離れた場所で仁王立ちするレヴィエルに聞こえるように、大声でそう叫び散らす。

「無駄はねェだろ、無駄は。途中から意地になってたのは否定しねェけど、こっちは仕事でやってんだ。ギルドマスターとしての義務を果たしてんだよ。意地悪なヤツ扱いしてんじゃねェ。心外だ、心外！」

次第に晴れてゆく砂煙。

やがて、いつの間に〝竜鱗纛《ドラグニル》く〟と呼ばれていた〝古代遺物《アーティファクト》〟の装着を解除したのか。

素手となっていたレヴィエルはうっせー。うっせー。と言わんばかりに煩わしそうに左の小指を使って耳の穴をほじくっていた。

「あンの野郎……‼」

馬鹿にしているとしか思えないその行為に、オーネストがびきりとこめかみに青筋を浮かべる。

今にも飛びかかりそうであった彼を止めるべく、「やめろ、やめろ」と口にし、俺は慌ててオーネストを止めにかかった。

「……だが、まあ、こんだけやれんなら文句はねェよ。〝古代遺物《アーティファクト》〟使ってんのに攻め切れねェんじゃ実質オレの負けみてェなもんだしな」

そして何を思ってか。

脱力しているからか、だらんと垂れ下がる右の手を見せ付けるようにレヴィエルは力なく振ってみせる。

「それに、さっきのを受け止めんのは流石《さすが》に無理があったのか、手の痺れが抜けねェ。だから、オレの負けだ、負け。んな大声で叫ばずとも、アレを受けて起き上がるようなら素直に負け認めてたっつーの」

だからいちいち、んな大声出してんじゃねー。

と、先のオーネストの行為を否定するレヴィエルと彼の関係はたったそれだけのやり取りを目にしただけで何となく理解出来てしまった。

これは、アレだ。

水と油な関係なやつだ。

例えるなら、クラシアとオーネストみたいな。

「……嘘臭《くせ》え」

ぼそりと。

返ってきたレヴィエルの言葉に対し、そんな呟きを漏らすオーネストであったが、これ以上相手にする気はないのか。

珍しく素直に引き下がっていた。

「つーか、だ。何でミーシャまでここにいるんだよ」

「……ギルドマスターがいつまで経っても戻って来ないからです。だから、サボリ魔見っけ。みたいな視線向けないで下さい。寧《むし》ろサボり魔はギルドマスターなんですから」

オーネストと同様に、いつの間にやら〝闘技場〟にやって来ていたもう一人の人物。

レヴィエルから今し方、ミーシャと呼ばれていた少女は、ジト目で呆れ混じりに言葉を紡いでいた。

そして、ミーシャからそう言われるや否や、悪戯《いたずら》が露見した子供のようにビクッ、と一度身体を震わせる。何か重大な事でも思い出したのか。

恐る恐るといった様子でレヴィエルは続く言葉を待つような姿勢を取っていた。

やがて、判決を待つ罪人のような態度のレヴィエルに対し、

「ついでに言うと、予定をすっぽかされた副ギルドマスターはお冠《かんむり》です。ブチギレてます。荒れに荒れてます。ギルドマスターの居場所を聞いた時、顔は笑ってたんですけど、目が据わってました」

「────だよなぁぁぁあああああっ‼」

そっちを先に言おうなぁぁぁあ！！！

と、焦燥感に駆られた様子で叫び散らすレヴィエルは慌てて何処かへと向かって駆け出していた。

偶然、タイミング良くレヴィエルと会ったのかと思っていたが、その会話から察するに副ギルドマスターと呼ばれていた人物との予定の為にギルドに戻ろうとしていたレヴィエルが、偶々俺とヨルハを見つけ、すぐに終わるとタカを括《くく》って〝闘技場〟に誘った。

しかし予想外に時間を使う羽目となり、そのせいで予定をすっぽかされた副ギルドマスターはお冠であった。

……こんなところだろうか。

「はっ、ざまあみろ」

精々、こっ酷《ぴど》く怒られてこいとオーネストは笑っていたが、それに反応する時間すら惜しいのか、レヴィエルはその悪態すらも無視して突き進む。

だが、何を思ってか。

〝闘技場〟を後にしかけたところでピタリとレヴィエルの足が止まっていた。

「そ、そうだ。言い忘れるところだった。おい、アレク！　お前さんの通行証は明日までに発行しておくから、朝にでも取りに来い!!　分かったな⁉」

「あ、ああ」

鬼気迫るその様子を前に、頷いてやるとそれで満足したのか。「じゃあな!!」とだけ言ってその大きな体躯《たいく》からは信じられない程の俊敏さをもって駆け出して行く。

手が痺《しび》れてたから負けを認めるつもりだった。

そうは言われたものの、あの様子を見るとまだまだ余裕だっただろあんた。

と、思わずにはいられなかった。

十話　ダンジョン〝タンク殺し〟

「そういえば、クラシアは？」

服にこびり付いていた砂を手で払いながら、俺はすぐ側にまで歩み寄っていたオーネストにそう問い掛ける。

魔法学院時代にパーティーを組んでいた最後の一人。クラシア・アンネローゼの所在を訊《たず》ねると、案の定、オーネストの眉間に皺《しわ》が寄っていた。

「……アイツなら今頃、宿に帰ってるだろうよ」

理由は言わない。

でも、オーネストとクラシアの間に何かがあったのだとすぐに察する事が出来た。

「つーか、そんな事よりだ。アレク、お前、宮廷魔法師を辞めさせられたんだって？」

「……耳が早いな」

あんなヤツ、放《ほ》っとけと言わんばかりにすぐさま話題転換。

オーネストとクラシアの仲はどうにも4年前からこれっぽっちも進展も改善もされてないらしい。

ヨルハの時とは打って変わってその遠慮のないオーネストらしい物言いに、俺は苦笑いを浮かべる。すると程なく、

「なら話は早え。じゃあ、見返してやるか」

俺の肩に、腕が回される。

「それがいつになるのかは分かんねえが、オレらが世界で一番つええ冒険者になればよ、アイツらもきっと国難にでも見舞われた時、真っ先にオレらを頼る筈さ。そん時に土下座でもさせてやろうぜ。地べたに這《は》いつくばらせて懇願させてやんのさ。お願いします助けて下さいってな。どうだ？これでスッキリすんだろ？　くくくっ、あの高慢ちきな貴族共に〝ＮＯ〟と断ってやるその瞬間が楽しみで仕方がねえぜ」

「……いや、待て。別に俺はもう気にしてないからな。というか、性格悪すぎだろ、それ⁉」

全く気にしてない。

と言えば嘘になる。

けれど、何処の魔王だよ、それ⁉　と思わずツッコミたくなるオーネストのその提案には声を荒らげずにはいられなかった。

「……というより、ハナからいつかはこうなるって分かってた。だから、別にいざ追い出されたからといって敢《あ》えてどうこう言うつもりはねーよ」

寧ろ、４年も宮廷魔法師として勤められただけラッキーと考えるべきだ。

給金の為に。

宮廷魔法師を志願した第一の理由でもあるソレは、結局、「子供の世話になる程落ちぶれてねえ。変な気を利かせんな」といって宮廷魔法師になるという進路に最後まで反対していた親父があろう事か、他国へ離れてまで反対の意見を貫き通してしまったせいで結局、意味を成さなかったが、それでもお陰で金に困る事はなかった。

「おいオイ、やられたらやり返すのが常識だろ」

「それはオーネストの中の常識であって間違っても世間一般の常識じゃねーだろ」

会話を聞いていたのか。

ミーシャとヨルハも俺のその発言に深々と頷いている。

そしてミーシャと呼ばれていた少女は、何やら口パクでもっと言ってやって下さい。としきりに訴え掛けてきていた。

……恐らく、それで苦労しているのだろう。

しかし悲しきかな、言って直るものならとうの昔に直っている。

魔法学院の頃の教師達が挙って矯正しようとした結果がコレなのだ。もう個性として受け入れるほか無い。そう目で訴え返しておいた。

「……そ、そんな……!!」

……何やら悲痛に塗れた声が聞こえてきた気がしたけど、きっと気のせいだ。

気にした分だけ俺の胃まで痛くなる。

だから仕方がないのだと言い訳をして、俺は見て見ぬ振りを敢行した。

「それに、そんなくだらねー話はさっさとやめにして、話を振るならもっと明るい話を振れよ」

「あン？」

「ダンジョン。攻略してるんだろ？　色々と教えてくれよ、オーネスト」

少しだけ、物言いたげにジッ、と見詰められる。でも、それも刹那。「……ンじゃ、お前が気にしてないなら、代わりにオレさまが根に持っとくわ」と、意味不明な発言を残し、オーネストは話に乗ってくれた。

「オレらが攻略を進めてんのはフィーゼルの西に位置するダンジョン。回復魔法が一切使えねえって制限がある事から、〝タンク殺し〟っつー名前で呼ばれてるとこだ」

回復魔法が禁止。

という事は、傷を癒《いや》す薬であるポーションを除いて回復する手段が許されていないダンジョン。

一手に相手からの攻撃を引き受ける〝タンク役〟と呼ばれる者達からすれば、回復する手段が限られてるダンジョンに挑みたくは無いだろう。

〝タンク殺し〟。

だから、その名前はピッタリであると思った。

「――――で、52層までは3人で進めたんだが、そこで詰まっちまった」

「理由は」

「パーティーの火力が足んねえ」

「火力、か」

「ああ。フロアボスがアホみてえに耐久力のあるゴーレムだったんだよ。回復魔法があればごり押しも出来たんだが、ダンジョンの制限のせいでそれが出来ねえ。つーわけで、アレクを呼ぶ事にした」

ゴーレムとは鉱石などによって構成された、物理的な攻撃に対して特に耐久力の高い魔物。

その名前である。

基本的に攻撃は魔法による攻撃しか通じず、加えて、ゴーレムは数多い魔物の中でも特に耐久性に長けた存在であった。

その為、長期戦を強いられる事が常であり、そして回復魔法が禁止されているダンジョンであれば、耐久力の高いゴーレムは強敵と言い表す他ない。

持ち込めるポーションの数にも限りはあるだろうし、火力不足であるとため息を吐くオーネストの気持ちもよく分かる。

「……まぁ、ゴーレムは兎も角、ダンジョンの性質的に……よくまあそのダンジョンに挑もうと思ったな」

この場にいない唯一のパーティーメンバーであるクラシアは回復魔法に長けた魔法師である。

その為、回復魔法が不可であるダンジョンでは本来の彼女の力はどうやっても発揮されない。

攻撃手段が一切ない。

というわけではないが、クラシアの本領は回復魔法にこそある。だからこそ、彼女にアタッカーのような働きは期待出来ない。

火力不足。

先のオーネストのその言葉に対し、そりゃ当たり前だと無性に言ってやりたくなった。

「クラシア反対してただろ。絶対」

「1週間くらい喚《わめ》いてたっけか？　でも、もう一つ挑もうとしてたダンジョンが、そっちは補助魔法が禁止だっつーことで多数決2対1で強行した」

ヨルハか。クラシアか。

無くて困るのはどっちだと天秤《てんびん》に掛け、オーネストはヨルハを取り、そして荷物になるのは嫌だと拒んだヨルハがオーネストに同調した、と。

「……だがまあ、アイツもアイツなりにダンジョンにもう適応してるぜ。回復魔法が使えないってんで、今じゃ弓を使ってやがる。だから、そこらの冒険者より余程アタッカーとして優れてんだ。認めたかねえがな」

ただ――――。

と、言葉が続く。

「それでも、火力が足んねえんだ。つーわけで、お前を呼ぶかって話が上がった」

――何より、ゴーレムを倒すのはアレクの特技の一つだったろ？

と、笑い混じりにオーネストが言う。

「……まぁな」

「兎も角、詳しい話は後でちゃんとするとして、ひとまず〝闘技場《ここ》〟から出るとすっか。全部事細かに話し終えたってなると潔癖症《クラシア》が面倒臭え事になる。拗《す》ねられると面倒だ」

――潔癖症。

ただの綺麗好きなだけだと俺は思っているんだが、オーネストはよくクラシアの事をそう呼んでいた。

犬猿の仲がこうして4年も変わらず続いてるワケは、間違いなく性格が気持ちいいくらいに正反対である事が原因である。

色々と大雑把な性格をしているオーネストと、綺麗好きで、それでもって事なかれ主義のクラシア。

厄介ごとと隣り合わせで生きるオーネストと彼女の仲が良くない事はある意味当然でもあった。

「拗ねる云々《うんぬん》はさて置いて、一人だけ仲間外れってのもアレだからな。それに、クラシアとも久し振りに話したい」

「おー、そうかそうか。ンじゃ、現在進行形で絶賛機嫌が悪《わり》ぃだろうからそのフォロー頼むわ」

そう言って、眩しいくらいの笑みを向けられる。

魔法学院時代、オーネストとクラシアの間をヨルハと俺が取り持ちながらなんだかんだと馬鹿やってた記憶がふと、蘇《よみがえ》り——破顔する。

「そうやって押し付けるとことか、4年前と何も変わってないのな」

「4年で変わるもんなんてたかが知れてるっつー話だろ、ええ?」

「……まぁ、違いない」

やけに上機嫌なオーネストにバシバシと背中を叩《たた》かれながら、俺はヨルハ達と共に〝闘技場〟を後にした。

十一話　クリスタの帰還

「…………あン？」

〝ギルド地下闘技場〟からギルドへ戻るや否や、場の空気がおかしい事に気付いたオーネストが怪訝に眉を顰《ひそ》め、声を出す。

俺がフィーゼルのギルドに足を踏み入れたのは数十分前が初めて。

それ故に、今のこの静まり返った状況が「おかしい」という事実にすぐには気付けなかったのだが、どうにもこれはおかしいらしい。

「何かあったんでしょうか」

続いてミーシャ。

キョロキョロと忙《せわ》しなく周囲を見渡せど、どうしてか彼女と同じ制服を纏ったギルドの職員は全員が出払っているのか、何処にも見当たらない。

加えて、そこら辺で立ち尽くす冒険者達は冒険者達で何処か気まずそうな表情を浮かべていた。

「あの、これはどういう────」

「……あぁ、ミーシャちゃんか」

一刻も早くこれがどういう事態であるのか。

その把握をせんと、丁度近くにいた中年の冒険者に早速ミーシャは声を掛けていた。

やがて、彼女が事態を把握してない事を悟ってか、

「クリスタのヤツが帰ってきたのさ」

中年の冒険者は軽く頭を掻きながら言い辛そうに、そう答えていた。

「……クリスタって？」

「Sランクパーティーに所属してる冒険者だ。3日くれえ前にダンジョンに潜りに向かってた筈のゴリラみてえな女だな」

聞き耳を立てていた俺はすかさず、オーネストに問い掛ける。

どうにも、クリスタと呼ばれた人物はSランクパーティーの人間であるらしい。

付け足された余計な情報を瞬時に切り捨てながら、俺は俺で思案を始める。

「クリスタさんが帰って来たんですか……！　あれ？　でも、じゃあどうしてこんなに静かなんですか？」

「帰って来たのは、クリスタ一人だけだからさ」

「……そ、れは」

投げ掛けられたその一言に、ミーシャは言葉に詰まる。そして顔を青ざめさせ、下唇をがり、と強く噛み締めた。

ダンジョンにおいて、パーティーで潜っていた筈の連中が一人、もしくは二人で帰還して来た際、考えられる理由は二つ。

ダンジョン内で、パーティーメンバーが死亡してしまった場合。

若《も》しくは、やむを得ない理由でその人間だけ逃げてきた場合。

後者の場合は基本的に、挑んだボスからパーティーメンバー全員が逃げきれないと悟った連中が一人、もしくは二人を地上に逃がし、助けを呼んで来てもらう。といった手段を用いる際に実行に移される場合が多くを占める。

ただ、ここで問題になってくるのが、ダンジョン固有の制限。

パーティーメンバーの人数制限である。

「……あのクリスタが傷だらけで帰ってきたのさ。ついさっき、ギルドマスターのところに駆け込んで行ったみたいだが、どうなる事やら」

ギルドマスターであるレヴィエルは元とはいえSランクパーティーの冒険者。

戦力としては申し分ない人材である。

彼の助けを求めてギルドに駆け込んで来たという線は十分に考えられた。

だが、パーティーメンバーの制限が課せられているダンジョン内に残された人間を助けに向かう事ははっきり言って現実的ではない。

「……あのゴリラ女が潜ってた階層ともなると、60は超えてるか。だとすれば、助けに向かう。なんて行為はとてもじゃねえが現実的じゃねーな。ジジイも頷かねえだろ」

ダンジョンは1層1層、人が1週間ずっと歩き回ったとしてもその全てを把握する事は叶わないと言われるほど広い造りとなっている。

そして不定期にその経路は構造が変わる為、把握は不可能。

加えて、層を移動するたびに、毎度転移の魔法によってパーティー単位で次層に飛ばされる仕組みになっている為、仮に1層で出会えたからと言って2層でも。という事態には間違いなくなり得ない。

それ故に、人数制限のあるダンジョンの攻略は大人数で出来ない事もないが、深層になればなるほどその可能性は低く、現実的ではなくなる。

それが冒険者誰しもに周知されている認識であった。

「オマケに、間違いなく助けに向かう為に必要な〝核石《コア》〟は一つしかねえ。ただでさえ向かえるパーティーは一つだけなのに、フィーゼルのSランクパーティーはどいつもこいつも今は出払ってる。完全に詰んでるじゃねえか」

ダンジョンは通常、下の階層に進む際はフロアボスと呼ばれる魔物を倒さなければ進めない仕組みになっている。

ただ、倒す以外にもう一つだけ、下の階層に進む手段が用意されており、それが先程オーネストが口にした〝核石《コア》〟を所持する事であった。

基本的に、より深部に位置するフロアボスの〝核石《コア》〟と呼ばれるドロップアイテムを所持している場合に限り、フロアボスに襲われる事なくすんなり下層に進む事が出来る仕組みになっている。

ただ、一つのパーティーにつき所持できる〝核石《コア》〟は一つだけ。

それ以上持っているとダンジョンから帰還した際に全て砕け割れるという事態になぜか陥ってしまうのだ。

そして、助けに向かうとしても、その階層に向かうことの出来る〝核石《コア》〟は一つだけ。

要するに、助けに向かう事の出来るパーティーは1パーティーのみという事になる。

加えて、同じ階層にたどり着いても他の冒険者に出会う確率は極端に低い。

オーネストの言う通り、助けに向かう事はどう考えても現実的ではなかった。


「────だが、」


獰猛に、何故かオーネストが笑む。

瞳の奥には企《たくら》みめいた感情が湛《たた》えられており、

「これは考えようによっちゃ、悪くねえ状況かもしんねえ。だからヨルハ、クラシア《潔 癖 症》を呼んで来てくれ」

「…………」

その一言で、オーネストが何をやろうとしているのか悟ったのだろう。

名を呼ばれたヨルハは、明らかにソレと分かる呆れの感情を顔に貼り付けていた。

「ゴリラ女達の階層は間違いなく60は超えてる。とするとだ、この混乱に乗じて助けに向かう事さえ出来れば、上手《うま》くいきゃあその階層の〝核石《コア》〟が手に入る。アイツらも〝タンク殺し〟を攻略してた筈だからこれで一気にショートカットっつーわけだ」

そう考えれば、これは悪くないとオーネストは言う。

だが、それはあまりにリスクの高い選択であった。それ故に、俺は同調していないし、ヨルハもオーネストの言葉に従おうとはしていない。

確かに効率で言えばこれ以上ないものだろうが、それでもその場合はそれだけ死亡率がグンと上がる。

それに、向かう階層はSランクパーティーの人間が死に掛けているであろう場所。

これを好機と言うにはあまりに危険性が高過ぎた。

そんな事を話していると、やがて、不意に奥の部屋のドアが勢い良く開かれる。

次いで聞こえて来る覚えのある声。

それは少し前まで耳にしていた声、レヴィエルのものであった。

「……あー。悪《わり》ぃ、今ギルドにいるAランク以上のヤツ、ちょっとこっち来てくれるか。ちょいとオレに時間をくれ。話してェ事がある」

十二話　過去は何処までも付き纏う

「ギルドマスターから呼ばれてるぞ。二人は行ってこいよ」

レヴィエルの言葉を耳にし、何故か一斉に俺に向いた二つの視線に対して言葉を返す。

俺は確かに、ヨルハからパーティーを組もうと言われてフィーゼルにまで来てしまった身であるけれど、実際はまだパーティーの加入手続きすら終えてない上、深部に潜る為の通行証もまだ持ち合わせていない。

だから、俺はお呼びじゃないだろ。

そう目で訴え掛けてやってるのに、ヨルハとオーネストは不服なのか。

お前も行くぞと言わんばかりの、厳しい視線を現在進行形で向けて来ていた。

「それに、俺はフィーゼルの事を何も知らない。ギルドの中を色々と見て回りたくもあったし、お前達が話を聞いてる間に俺は俺に出来る事をしとくからさ」

それにどうせ、ヨルハ達と一緒に話を聞いたところで何にも知らない俺はただ時間を無駄にする事になるだけ。

だったら——————。

「折角だし、そこのミーシャって子に色々と話を聞いとくよ」

だから、お前達はギルドマスターのところに行っててくれと言外に言う。

「……何言ってんだ、アレク。てめえも、」

「────分かった」

被さる二人の言葉。

本来であれば「てめえもついて来るに決まってんだろ」と紡がれる筈だったであろうオーネストの発言は、ヨルハの言葉によって見事に遮られていた。

不機嫌そうに睥睨《へいげい》するオーネストとは異なり、ヨルハは別段俺の言葉に怒っている様子は見受けられなかった。

「それじゃ、行くよ、オーネスト」

そしてそう言うや否や、ヨルハはオーネストの腕をガシリと掴み、その小柄な体躯からは信じられない力で引っ張るようにレヴィエルの下へと向かっていく。

「ちょ、おいッ⁉　ヨルハ、てめ、何考えてんだ⁉　アレクも連れて行けばいいだろうが！」

てっきり、ヨルハも己と同じ考えであると信じて疑っていなかったのか。

綺麗に割れた二つの声。

その片割れであるヨルハに対し、焦燥感を滲ませながらオーネストは声を荒らげていた。

同じパーティーメンバーなんだし、仲間外れは良くねーだろ！

などと、クラシアの事は頭数に入れていないのか。さらりと仲間外れにするオーネストは相変わらずであった。

「はいはい。別にアレクがどっかに行くわけじゃないんだし、今回は、ね？　ほら、行くよ」

そして、ジタバタと暴れながらも最後の最後まで俺を巻き込むべく抵抗していたオーネストであったがその努力も虚しくヨルハに引っ張られ、相変わらずだなと呆れるレヴィエルの下へと連れて行かれていた。

程なく、再び場に沈黙が降りる。

「……ついて行かれなくて、良かったんですか」

どこか気遣うように。

控え目に俺にそう問い掛けてきたのはギルドの関係者であるミーシャであった。

「オーネストさんが無理矢理連れて来たって事であればきっと、ギルドマスターも分かってくれてたと思うんですけど」

——それと、アレクさんってオーネストさん達のパーティーに加わるんですよね？

などと、続けて確認もしてくる。

「まぁ、ね。その為にヨルハは俺をガルダナまで迎えに来てくれたみたいだし」

パーティーに迎えてくれるのであれば、その厚意に甘えさせて貰うつもりだった。

それに、冗談の類としか認識してなかったが、ヨルハとは約束もしていた。

いつかまた、パーティーを組もう、と。

ヨルハやオーネスト、クラシアが受け入れてくれるのであれば、また一緒に攻略を。

それは嘘偽りのない俺の心境であった。

ただ、それとこれとは話は別。

「でも、今ついて行ったところで話が拗《こじ》れるだけだよ。他のAランクの人間から、こいつ誰だよってね。通行証なんて仕組みのあるフィーゼルなら尚更《なおさら》。ギルドマスターが呼んだ人間が俺の知り合いだけなら良かったんだけど、そうじゃないっぽいしね」

オーネストやヨルハの他に、10人程度の冒険者と思《おぼ》しき者達が向かっていくのを目にしている。

だから、ついて行くべきじゃないと思った。

「……別に、ここにいる冒険者は貴族とは違うし、あのギルドマスターも、とやかく言うような人じゃないと思うんだけど……でも、どうしても警戒しちゃうんだよ。……あー、本当に嫌になる」

4年前だったら、何も考えずにオーネストの言葉に俺はきっと従っていた。

でも、出来る限り目を付けられないようにと過ごしていた宮廷魔法師時代に身に付いた処世術がその行動を拒んだ。

出来る限り波風を立てないで済む選択肢を選ぶべきだと、思ってしまうのだ。

本当に、宮廷魔法師になんてなるもんじゃない。前々からその認識はあったが、改めてそう思った。

「……嫌になる、ですか？」

「自分の考えの筈なのに、それがどうしても好きになれないんだ」

「……？」

「あぁ、いや、何でもない。変な愚痴を漏らしてごめん。それは兎も角、ちょっと聞きたい事があるんだけど、教えて貰えないかな」

首を傾《かし》げるミーシャの態度を前にして、漸く我に返る。初対面の人間に聞かせるような話じゃなかったと自責をし、俺は強引に話を逸らす事にした。

「私に答えられる事でしたらなんなりと！」

「それは助かる。じゃあ――――」

――――此処、フィーゼルに存在するダンジョンの数。それと、各々の最高踏破階層を教えて欲しい。目指す先は、早めに知っておきたいから。

＊　＊　＊　＊

「……はぁん。アレク・ユグレットは不参加かい」

訳知り顔でそう口にするのはギルドマスター、レヴィエルである。

「だが、その行動は正しかったと思うぜ。直《じか》に手合わせしたオレは兎も角、まだ全員がアイツを認めてるわけじゃねェしな」

だからこういう場には今はまだ、アイツが出しゃばるべきじゃないと言葉を付け加える。

「助けに向かおうって時に、得体の知れねェヤツが一人紛れ込んでると間違いなく面倒になるからなぁ。そういう意味じゃあ、気の回るヤツだよ、テメェと違ってな」

「……うるせえ」

ムスッとした顔を浮かべるオーネストに対し、向けられる言葉のトゲ。

ただ、それが正論と彼も理解しているのか、口答えをする様子は無かった。

「―――〝五色《ごしき》〟の魔法使い」

そんな折。

ヨルハでもなく、オーネストでも、レヴィエルでもない第三者の声が唐突に割り込んだ。

「……ガルダナ王国王都のダンジョン最高踏破層数68層を叩き出したパーティー。その魔法使いの一人、〝五色《ごしき》〟と呼ばれていた人間が丁度、アレク・ユグレットという名前だった筈」

「……物知りじゃねえか、クリスタ」

そう言って、オーネストは会話に割り込んできた女性―――クリスタの名を呼ぶ。

つんと澄ましたその相貌は、まるで陶器を思わせる程に愛想とは無縁。

声にも抑揚は薄く、ただ淡々と彼女は言葉を並べ立てていた。

「へえ。アイツ、そんな二つ名で呼ばれてたのかよ」

それに乗っかるレヴィエル。

「68層のフロアボスが多頭竜《ヒュドラ》だったんだ。攻略方法が5つ存在する頭部にそれぞれ適した属性の魔法を同時にぶつける事で漸くダメージが通るようになるっていう攻略させる気のないボスでね。アレクが〝五色《ごしき》〟って呼ばれだしたのは丁度、その攻略の後の話」

5つの属性の魔法を同時に展開し、同時に命中させ続けるという離れ業でしかない行為をこなし、見事倒してみせた事から〝五色《ごしき》〟と呼ばれるようになったのだとヨルハが説明。

「ほぉ。でもどうしてクリスタがその事を？」

「……王都のダンジョンにも挑戦した事があった。でも、相性の問題で68層は踏破出来なかった。だから、踏破したパーティーの事を調べた」

だから、アレク・ユグレットの名を知っていると、クリスタが答える。

そんなこんなと話している間に、部屋には10人近い冒険者が集まり終えていた。

指を差してレヴィエルが一度人数を数え、「……まぁ、こんなもんか」と口にし終えるや否や、注目を得るべく、バンッ、と力強く机に積み重ねられていた書類の山を叩いた。

ひらりと何枚かの紙がその衝撃によって落ちるも、レヴィエルはそれを気に留《と》めた様子もなく、言葉を続ける。

「もう大体、オレがお前らを集めた理由は分かってるとは思うが、改めて。場所は〝タンク殺し〟の64層。今からそこにいるクリスタのパーティーメンバー、その救出に向かうパーティーを構成する」

だが、ひらりと落ちた書類のうちの1枚は偶然にもヨルハの目に映っていた。

レヴィエルの性格をよく知る彼女だからこそ、積み上げられていた書類の山、その全てが、面倒臭がりのギルドマスターに後回しの烙印《らくいん》を押された可哀想《かわいそう》な書類であると知っている。

だから、気に留めなかった。

優秀な治癒師の派遣を求めていたその書類に対して。

ダンジョン内にて重傷を負ったレグルス王太子の治療の為、治癒師として音に聞こえたフィーゼルの副ギルドマスターの派遣をガルダナが求めるその書類から、それがガルダナの王太子の名前とは知らないヨルハは何事も無かったかのように視線を逸らし、レヴィエルの言葉に耳を傾けた。

十三話　クラシア・アンネローゼとの再会

＊＊＊＊

『――――やあ、少年。キミ、魔法に興味はあるかい？』

脳裏に蘇る過去の記憶。

遠い遠い、昔の思い出。

鈴を鳴らすような優しい声音が不意に思い起こされた。

そう言って、人懐こい笑みを浮かべながら幼少の頃の俺に声を掛けてくれた人は、エルダスという名の近所のお兄さんだった。

魔法学院に入るよりもう少し前。

俺は、彼から魔法の基礎や、それこそ魔法についてのほぼ全てを教わった。

キミには天性の才能がある。

そう言って、エルダスは俺に毎日、世話を焼き、魔法を教えてくれた。

曰く、死んだ俺の母親に恩があるから。

どうして俺に魔法を教えてくれるのだと、理由を問うと、エルダスは決まってそう答えていた。

日が暮れる頃に俺の下へやって来て。

親父が仕事から家に帰って来る直前に、エルダスは決まって俺の前から姿を消す。変わった奴。

そんな、感想を抱きながらも、彼との時間は悪いものではなかった。寧ろ、ずっとずっと心地の良いものだった。もし俺に兄がいたならば、こんなものなのかと夢想した事もあるくらいに。

でも、俺がエルダスと関われたのはその1年だけ。丁度1年たったある日。

王都を出て行く事になったと悲しげな表情を浮かべながら俺に、

『……なぁ、アレク。もしなれる機会に恵まれたとしても、宮廷魔法師にだけはならない方がいい』

消え入りそうな声で、そんな一言を残して別れてしまったエルダスの言葉が、10年以上経った今でも未《いま》だに忘れられない。

きっと、俺が宮廷魔法師の道を選んだ理由は、それも関係していたからなんだと思う。

その言葉が痼《しこり》として俺の中に残ってしまっていたせいで、周りからの反対も押し切って、宮廷魔法師になった。

親父が俺の重荷になりたくないからと早々に王都を離れて尚、宮廷魔法師という地位にしがみ付いていた理由は、多分、そんな理由。

そして、あの時の言葉の意味を知りたくて、調べて。やがてたどり着いてしまった答え。

10年近く前に俺と同じく、魔法学院を首席で卒業し、宮廷魔法師になった者の中に、エルダスという名を見てしまったせいで、余計に逃げられなくなった。

ずっと昔に俺に投げ掛けられた言葉の意図を知ってしまった俺は、ならば宮廷を変えてやろうと思った。

エルダスとの出会いのお陰で今の俺がある。

ただただ、恩を受けただけの身だったからこそ、ならばと思った。でも、俺が出来る事なんてものは微々たるもので。

結局、何も出来ず終《じま》い。

己の意思で逃げる事だけはするものかと。

そんなちっぽけな意思だけは何とか貫き通したつもりだけれど、所詮はこんなもの。

得たものは宮廷魔法師にしがみ付いていられるようにと身に付けた処世術くらい。

だからこそ———ああ、本当に、嫌になる。そして、思うのだ。

あの時、本当に、俺はヨルハの手を取って良かったのだろうかと。宮廷魔法師になると言い、周囲の人間の反対を押し切った人間の成れの果てがこれだ。

……ひどく自分が滑稽に思えた。

現実味のない感覚の状態のまま、下唇を噛む。

口の中に広がる血の味。

でも、その程度の痛みではこれっぽっちも気の紛らわしにすらならない。

どうしようもなく無性に自分自身に腹が立って。そして、そして———。

「———アレク?」

……そして、その一言のお陰で、現実に引き戻された。際限なく湧き上がっていた筈の自責の感情が、蜘蛛《くも》の子を散らすようにひいていく。

ミーシャからひと通り話を聞いた後、椅子に座ってオーネスト達を待っていたつもりだったのに、いつの間にやら意識が飛んでいたらしい。

ゆっくりと目を開くと、深黒の瞳と目が合う。

覗《のぞ》き込《こ》むように顔を近づけ、物珍しそうに俺の顔を観察していた人物に心当たりがあった。

「……クラシア」

「お、やっぱり本物じゃない。ヨルハってば、アレクを本当に引き抜いてこれたんだ。中々にやるわね」

然程《さほど》驚いた様子もなく、ただ若干声を弾ませて言葉を返してくれる、しずり雪を想起させる銀と白が入り交じった髪の女性——クラシア。

「それで、バカとヨルハは？」

「向こう。此処にいないのなら、まだギルドマスターの話を聞いてるんじゃないかな」

「そ。ならいいわ」

バカが指す人物は言わずもがなオーネストである。オーネストがいるのであれば彼女は間違いなく向かわないだろうと分かってはいたけれど、一応、クラシアも行って来たらどうだ。

そう口にする前に、彼女は側に置かれていた椅子に腰を下ろした。

「口元、拭いたら？」

「ん？」

「血。出てるわよ」

夢の中での話かと思っていたけれど、どうにも実際に唇を嚙みしめ、血を流していたらしい。

道理で血の味がすると思った。

「嫌な夢でも見た？」

「……どうだろ？」

「4年経っても相っ変わらず、嘘が下手ね。ま、言いたくないなら別に言わなくても良いし、詮索なんて面倒臭い真似《まね》をする気はないけれど」

――――でも、明らかに酷《ひど》い顔をしてるわよ。今のアレク、幽霊を見たって騒いでた時のヨルハみたいな顔してる。

「なんだそれ」

物凄《ものすご》く分かりにくい喩《たと》えをされた筈なのに、どうしてかすぐにどんな顔なのかが脳裏に浮かび上がった。

ヨルハは怒るだろうけれど、つい、顔がほころんでしまう。

「……ま、酷い顔をしてたって事だけはよく分かった。オーネストに見つかる前で良かった」

手の甲で口元を拭い、そして笑う。

オーネストは、あれでも良いやつだ。

ただ、遠慮とは無縁の性格だから、ずかずかと何でもかんでも聞いてくる。

それがあいつの性格だからと俺は割り切れてるから嫌悪といった感情は抱かないけれど、それでも、言いたくない事の一つや二つくらい、俺にもある。だから、見つかったのがクラシアで良かったと思った。

やがて、場に降りる沈黙。

「……元気、してたか」

久しぶりに会ったのだから、何か話せれば。

そうは思っても、期間が空き過ぎていたからか。

うまい事、言葉や話題は浮かんできてくれなくて。

自分でも分かるぎこちない口調で、俺はクラシアにそう問い掛けていた。

「それはあたしのセリフ。……アレクの方は、元気してなかったみたいだけれど」

「耳が痛いな」

ため息混じりに、図星をつかれる。

ヨルハのように変に気を利かせる事もなく、こうして容赦なく指摘をしてくる辺り、クラシアは4年前から何一つとして変わっていないらしい。

その対応に、懐かしさが胸の奥から込み上げる。

「……私で良ければ、話聞くけど」

そして、気を遣われた。

「いんや、俺は大丈夫」

気遣われた理由は明白で、俺がクラシアの前で変な姿を見せてしまったせい。

「……でも、いざという時は頼らせて貰うわ。こういう事は、相談するならクラシアが一番だから」

ヨルハや、オーネストがダメというわけではない。でも、こういう悩み事はスパッと一刀両断に切り捨てて貰った方が俺的にも楽だから。

だから、相談するのならクラシアだと思った。

「……そ」

無理に悩みを聞き出す気は一切無いんだろう。

短い返事を一度だけ挟まれて、会話が終わる。

そして、完全に言葉に詰まってしまっていた。

4年ぶりなんだし、クラシアとも何か話せれば。そう思っていた筈なのに、何故かうまいこと言葉や話題が浮かんでこない。

クラシアはクラシアで気を遣ってくれているのか。

彼女もあれから言葉を発しないせいで、めちゃくちゃに気まずい。

この場にオーネストやヨルハがいたならば、適当に話題を振ってくれていただろうが……。

————……頼む、早く戻って来てくれ。

今の俺には、そう願う事くらいしか出来る事はなかった。

このいたたまれ無い空間を何とか打破すべく、ヨルハとオーネストの帰還を求める俺の願いは天に通じたのか。

それから数分もしないうちに、先程ヨルハ達が入っていった部屋のドアが開かれる。

そしてぞろぞろと出て来る冒険者達に紛れて、ヨルハとオーネストの姿もそこにあった。

程なく、引き攣《ひ つ》ったオーネストの声が聞こえて来る。

視線は俺のすぐ側——クラシアに向けられていた。なんでお前までいるんだよ。

そう言わんばかりの奇声であった。

でも、それも刹那。

「オイ、アレク。準備が整い次第、ダンジョンに向かうぞ。通行証の件は特例でもう既に許可が下りた」

明日までに。

レヴィエルからそう聞いていた筈の深層に進む為に必要とされる通行証の件は許可が下りたと、オーネストが言う。

「……準備が整い次第って、今からって事？」

事情を何も知らないクラシアはオーネストの発言に眉を顰《ひそ》めて問い掛けるも、返ってくるのは当然だろと言わんばかりの不敵な笑みだけ。

「本当はダメだって話だったんだが、ジジイが偶然にも〝タンク殺し〟のダンジョンの〝核石《コア》〟を持ってたみたいでな。つーわけで、オレらのパーティーも行く許可をもぎ取ってきた。向かう先は64層。くくくっ、アレクが戻って来て早々楽しくなって来やがったぜ、なぁ⁉」

十四話　『伝説』の続きを

――曰く、64層のフロアボスは〝死霊系《アンデッド》〟。

物理的な攻撃は勿論《もちろん》のこと、魔法攻撃ですら高確率で回避する上、補助魔法の一種として知られる〝弱化魔法《デバフ》〟も殆《ほとん》ど通じないと、〝核石《コア》〟を机の上に置き、円を描くようにヨルハとオーネストも椅子に腰を下ろし、そう教えてくれる。

そして、

「だから、〝タンク殺し〟の64層は、恐らく68層の時と似たり寄ったりの展開になると思うんだ」

高揚しているオーネストだと穴だらけの説明になると判断してか、ダンジョンの詳細についてはヨルハが説明してくれていた。

68層とは魔法学院時代に４人で叩き出した最高踏破層。その時のことを言っているのだろう。

「荷物になる気はないけど、フロアボスの性質的にまず間違いなくアレク頼りになる」

ヨルハは補助の魔法特化。

クラシアは回復の魔法特化。

オーネストは近接系の攻撃特化。

そして、俺が攻撃の魔法特化。

だからこそ、今回のフロアボスが相手である場合、相性を考えれば俺頼りになるとヨルハが指摘する。

「だから、オーネストは、ああ言ってるけど64層に向かうかどうかはアレクが決めて。今回のフロアボスと戦う場合、負担が大きいのは間違いなくアレクだから」

……このやり取りも、随分と懐かしく感じた。

決まって俺達は、次の階層に進むかどうかは一番負担が大きい人間が決定権を持っていた。

……持久戦になるなら、クラシアが。近接攻撃が有効であるなら、オーネストが。〝弱化魔法《デバフ》〟が欠かせない時はヨルハが。そんな、感じに。

「少し腕が落ちてるかもって不安を除けば、何も問題ないよ」

「どの口が言ってやがンだ」

俺は本心からそう思って言葉を紡いだのに、オーネストがそれを否定にかかる。

そんな事言ってっと、割とマジになってお前と戦ってたジジイが泣くぞ。

なんて言葉も程なく付け足された。

「んじゃ、最低限の確認も終わった事だし、ジジイ共に先越される前にとっとと向かうぞ」

オーネストが勢いよく立ち上がる。

彼からすれば何気なく発した一言だったんだろうが、クラシアにとっては意外だったのか。

「……もしかして、ギルドマスターも64層に向かうの？」

「うん。今回は2パーティーで向かう事になってるから。向こうはギルドマスターと副ギルドマスター、それとクリスタさんともう一人、Aランクパーティーのリーダーを務めてるアタッカーの方で構成された臨時パーティー。それと、ボクらって感じ」

　まるでオマケのように己らを付け足すヨルハであるが、実際にその通りで俺らはオマケなのだろう。

　続け様、本当はダメという事で話が進んでたんだけど、どうしてか、アレクが頷いたらって条件付きでギルドマスターが許可してくれてね。

　と言って、ヨルハは苦笑いを浮かべていた。

「アレク抜きの3人なら死んでも許可しなかったが、魔法学院時代の実績を考えれば、4人揃ってんなら無謀ってわけでもねェか。だってよ」

　実際にそう言われたのだろう。

　レヴィエルの口調を真似て、オーネストが許可が下りたワケを教えてくれた。

「それと、アレクなら間違いなく『行く』っつーと思ってパーティーの申請は済ませてンぜ。これで〝終わりなき日々《ラスティングピリオド》を〟完全復活ってワケだ」

　けらけらと笑う。

　嬉しそうに、楽しそうに。

　その日が来るのを心待ちにしていたと言わんばかりの眩しいオーネストの笑みが、俺の視界に映り込む。

「さぁて、伝説の続きといくか」

　喜悦の感情を表情に滲ませ、俺らにとって馴染《なじ》みのある言葉が紡がれた。

「……また、懐かしい言葉を持ち出すね」

その言葉に対して真っ先に反応を見せたのはヨルハであった。

魔法学院時代。

1年次の頃の時点で当時の歴代魔法学院生による王都ダンジョン最高踏破階層に届いてしまった俺達のパーティーの事を指して、誰かが言ったのだ。

——お前ら、伝説を築きやがったな、と。

それが、始まり。

気付けば同級生は勿論、教師まで挙って俺達のパーティーの事を伝説呼ばわりするようになっていた。

結局、その伝説は最終的に68層まで踏破してしまったのだから、本当に伝説とはよく言ったものだと思う。

そして、オーネストはその頃の思い出を待ってましたと言わんばかりに持ち出していた。

『伝説の続きといくか』、と。

だからつい、笑みが溢れた。

「当たり前だろうが。伝説はまだ終わってねえンだよ。王都のダンジョンなんざ、序章も序章だっつーの。というか、あの時の続きをする為に、3人で潜り続けてたんだろうが」

「え、そんな事ボクは知らなかったけど」

「あたしも知らなかったわね」

「はぁぁぁあああ⁉」

反射的に。

そうとしか言い表しようのないタイミングでオーネストの発言をヨルハが否定し、クラシアがそれに続く。

その反応に堪《たま》らず、冗談じゃねえ！　と叫び散らすオーネストが少しだけ可哀想に見えてしまった。

「またいつか、４人でダンジョンに潜れたら。ボクはそう考えてただけだから」

だから向上心と自尊心の塊であるオーネストのような考えは持ち合わせていないとヨルハが言う。そして、クラシアもその言葉に同調。

世に名を知らしめる為、魔法学院時代のように伝説を築くのだと。知らぬうちに大それた計画を立てていたはいいものの、それはオーネストの一人歩きでしかなかったらしい。

「ぷっ、くくくっ」

「オイっ！　てめ、笑ってんじゃねえ‼」

意見の不一致具合に堪らず吹き出すと、めちゃくちゃオーネストに睨《にら》まれ、怒られてしまった。

「……まぁ、なんだ。待たせて悪かった」

考えは異なっていたけれど、根本は３人変わらず。まさか、４年もの間、３人でダンジョン攻略を進め、待ってくれていたとは夢にも思わなかった。だから、謝る。待たせて悪かったと。

「……オレらが好きで待ってただけだ。だからそんな事でいちいち謝ってんじゃねえよ」

フィーゼルに来る前。

そしてフィーゼルに来てからも。

本当に俺はあの時、差し伸べられたヨルハの手を取っても良かったのか。

度々そう疑問に思っていたけれど——その考えを、彼方《かなた》に追いやる。

……そんな事を思っていては、いつか間違いなくオーネストにぶん殴られると思ったから。

だから、強引に振り払う事にした。

「それに、お前以外じゃあどいつもこいつもオレさまにゃ、足手纏いに見えちまって仕方がねえんだよ。このパーティーの4人目は、お前しかあり得ねえ。だから、気にすンな」

辛気くせえ顔をしてんじゃねえと。

……俺の内心を見透かしてなのか、言葉の真意は分からなかったけれど、何となく、そう言われている気がした。

変なところで鋭いところも相変わらず。

敵わないと、つい、そんな感情を抱いてしまう。

「つーわけだ。さぁ、やろうぜ。〝タンク殺し〟の64層！　オレらの新しい門出としちゃあ悪かねえ!!」

声を上げる。

周囲の人間の事なぞ知った事かと言わんばかりに、満面の笑みを浮かべながら吐き散らす。

「今度は魔法学院だなんてちっぽけな場所じゃあねえ。世界にだ。世界にオレらの名、轟かせてやこれが、その足掛かりであると。

　故に深層だろうと、ただの踏み台でしかないのだと言外に言ってみせる。だから、64層だろうが、Sランクパーティーの者達が死に掛けている場所であろうが、恐るるに足らないと。

どこまでも不遜に、傲岸に、徹頭徹尾、自信家のオーネストらしく。

「度肝を抜いてやンぞ、〝終わりなき日々を《ラスティングピリオド》〟」

十五話　〝タンク殺し〟64層　始

＊
＊
＊
＊

「────ッ、お、らァァぁぁァアアッ!!」

己を鼓舞するかのような大声を伴い、振り下ろされるは所々真紅に染まった一本の黒槍《こくそう》。

その一撃に全力を注《つ》ぎ込《こ》む勢いで対象を力任せに撃ち砕き、捻じ伏せる。

是も非も唱える暇を与えない。

力でもって。才能でもって。真正面から誰であろうと叩き伏せられてしまう。

それが、オーネスト・レインという『天才』。

力、技術、速度、勘、反射神経。

戦いに必要とされる要素、その全てが最高峰。

4年という月日が経とうとも、その事実に微塵の揺らぎも存在していなかった。

「鬼に金棒とはよく言ったもんだ」

凄《すさ》まじい轟音響く中、あまりの衝撃の大きさに立ち上る砂煙越しに見える割れ目。

視界に捉えるまでもなくオーネストの槍を叩き付けられていた魔物の末路を察しながら、俺はそう口にする。

「――――〝貫き穿つ黒槍《アルマレステテカ》〟、か。まさか、オーネストまで〝古代遺物《アーティファクト》〟を手にしていたとは」

フィーゼルのダンジョン――〝タンク殺し〟64層。

〝死霊系《アンデッド》〟のフロアボスらしく、常ならざる空気漂う階層。

本能的に忌避感を抱いてしまう闇に薄《うっす》らと染まった64層にて、オーネストは可能な限り騒がしく槍を振るっていた。

『今回の目的は、あくまで救出。間違っても踏破じゃない。だから、助けるに当たって此方《こちら》の存在を向こうに知らせる必要がある』

無駄にだだっ広いダンジョンの中ですれ違いだけは避けたい。だから、此方の存在を終始示し続けなきゃいけないと、ダンジョンに足を踏み入れる数時間前にヨルハは主にオーネストに対してそう説明をしていた。

フロアボスの〝核石《コア》〟さえ手にしていれば、次層に転移する際、自動的にダンジョン内に存在する複数の次層に続く道、そのうちの一つに勝手に転移をしてくれる仕組みとなっている。

だから、64層にたどり着く事自体には然程時間を要さない。

肝心なのは64層にたどり着いてから。

1週間歩き続けてもその全てを把握する事が叶わない程に1層1層が広いダンジョンの中。

複数存在する65層に続く道、その一つを探り当て、今も尚、対峙《たいじ》しているであろう人間と出会う確率は果たしてどれ程だろうか。

そして、ダンジョンに溢れる多くの魔物。

浅層とは比べものにならない程強力な魔物を排しながら、捜し続ける。

……下手をすれば、フロアボスを相手にするよりもその難易度は高いものになっているだろう。

「壊れ難《にく》くてよく斬れる。たったそれだけの権能を持った〝古代遺物《アーティファクト》〟ではあるけれど、あのバカにはピッタリでしょう?」

細められた黒の瞳が映しているのは、槍を振るうオーネストの姿。

……張り切り過ぎなのよ。と、半ば呆れるクラシアの目が口ほどにものを言っていた。

「違いない」

発せられた言葉と、彼女が思っているであろう感想。その二つに対して肯定の意を示す。

「でも、良かったのか。『可能な限り、お前らは節約しとけ』なんてオーネストの言葉に従って」

雑魚は全てオレさまに任せとけ。

いざという時にお前らが、ガス欠でした。なんて事態だけは何があろうと避けねえといけないだろうが。

そんなオーネストのもっともな言葉に、ヨルハが頷き、今に至っていた。

敵は〝死霊系《アンデッド》〟。

決定打たり得る魔法を撃ち込める人間の疲労は、可能な限り避けたいと。

「良いのよ。それに、心配せずともあたし達の出番もすぐにやって来るだろうから」

そう口にするクラシアの頬は、心なし僅かに引き攣っているようにも思えて。

「何せここは、Sランクパーティーが壊滅状態に追い込まれるような場所。だから、」

何の脈絡もなく、────突如として頭上から全身を覆い尽くすほど大きな影が落ちたような。

そんな気がした。

そしてクラシアの言葉がそこで不自然に俺の中で途絶える。

まるで危機的状況に陥ったかの如く限界まで引き延ばされる意識。

「────」

周囲一帯を覆うように広がる筆舌に尽くし難い嫌な予感。滲《にじ》み出した脂汗がじっとりと背中を濡《ぬ》らし、そして────。

「〝雷鳴轟く《サンダーボルト》〟────ッ!!」

殆ど反射的に肩越しに振り返り、己の考えを整理するより先に言葉が口を衝《つ》いて出てきていた。

続け様、そこら中から突として溢れ出した殺意の奔流に声を出すまでもなく〝魔力剣《ソード》〟を右手に創造。

後ろに控えるヨルハと、隣にいたクラシアに当たらないように展開した魔法陣からは意識を逸らし、何もないと分かっているにもかかわらず、俺は手にした剣を斜め上の頭上に位置する虚空に向かって思い切り振るう。

……死線に、立たされている。

思わず抱いてしまうその感想を容赦なく斬り捨てんと振るった剣はやがて、何もない筈の場所で重なり合う。

遅れて轟く剣同士が合わさったかのような金属音。かつてない衝撃が柄を伝って身体に届く。

「……なんだコイツ」

姿は見えない。

しかし間違いなく、敵はそこにいる。

カタカタと鬩《せめ》ぎ合《あ》う音が忙しなく鼓膜を掠《かす》める。

次第に見えてくる不可視の敵の正体。

剣を合わせた感触から考えるに、これは剣ではなく恐らく――――

「っ、なる、ほど。コイツ、〝死神《グリムリーパー》〟かッ!!」

――――その得物は、大鎌。

これまでの経験則からそう導き出し、それを扱う〝死霊系《アンデッド》〟の名を叫ぶ。

「はんッ」

しかし、俺の叫び声に反応した声はひとつだけ。それも、あろう事か喜悦の滲んだ笑い声。

オーネストのものだ。

「ほらみろ。腕なんてちっとも落ちてねえじゃねえか！！　なぁ！　アレク・ユグレット⁉」

「お前……ッ!!」

背を向けたまま叫び散らすオーネストのその言葉のお陰で全てを悟る。

オーネストは間違いなく、浅層とは異なり、姿を消す事の出来る〝死神《グリムリーパー》〟が64層に潜んでいるという情報を事前に知った上で、あえて、俺に話していなかった。

きっとその理由は俺の実力を不意打ちで測る為。その行為の必要性は分かる。分かるが、今このタイミングでやるような事かよ……!?

……ハメやがったなコイツ……ッ。

「おいオイ!? 勘違いしてくれンな!! オレは確かに見えねえ敵がいるとは聞いてたが、その対処法については全く聞いてねえよ! 脳筋ゴリラからは勘で何とかしろとしか言われてねえしな!!」

脳筋ゴリラとは恐らく、Sランクパーティー所属であるクリスタの事なのだろう。

だから、意地悪で黙っていたワケではないのだと押し寄せる魔物を捌《さば》きながらオーネストは言葉を投げてくる。

「それに、アレク・ユグレットにゃ、そのくれえ余裕で防いで貰わねえとオレが困る!!」

『天才』であるオレさまが認めた魔法師なら、そのくらいは余裕だと思った。寧ろ、下手に情報を与えてしまうとかえって邪魔になると思った。

そう言ってオーネストは綺麗に纏めやがった。

つまり、これは期待の、信頼のあらわれであるのだと。だからこそ、こうして試すような真似をしてしまったのだと。

……成る程。

それであるならば確かに納得をしても――――。

「――――って、納得するわけねえだろうがぁぁぁぁぁぁあ!!!!」

立ち上る怒りの感情と共に、いまだ膠着《こうちゃく》状態の続いていた鬩ぎ合いに終止符を打たんと、力任せに剣を振り切る。

力を試すにせよ、ならせめて事前に最低限の情報を話すのが筋というものだろうがと叫び散らす。

するると、ちょうど視界の端に映り込んでいたヨルハが魔法を発動させようとしていたのか。

彼女の側に魔法陣が浮かび上がっていた。

……滅茶苦茶《めちゃくちゃ》申し訳なさそうな表情を浮かべるヨルハを見る限り、彼女は反対したがオーネストがそれを強行した。といったところなのだろうか。

「……帰ったら覚えとけよオーネスト」

「くはは、つー事はだ。じゃあ、生きて帰るしかねえよなぁ？」

「……ったく」

あの程度で死ぬとは毛程も思っていなかった。

一切悪びれる様子の感じられないその言葉は、まるでそう言っているようにも思えて。

「……思った以上に厄介だな、64層は」

「その分、攻略した時の喜びも一入《ひとしお》ってだけの話じゃねえか」

「……あのさ、オーネスト。何回も言ってるけど、ボク達は今回、ダンジョン踏破に来たわけじゃないからね」

「バカに何を言っても理解出来ないわよ。だって、バカだもの」

「オイ、クラシア。今オレさまの事バカ呼ばわりしただろ⁉」

敵がまだいるにもかかわらず忙しなく行き来する会話の数々。

……後で覚えてろよ……ッ‼

ついさっき俺が口にしていた言葉をなぞるオーネストに、それは俺のセリフだろうが。

などと、呆れながらも、未だ健在であろう押し返しただけの敵を感覚で見据える。

久しく忘れていた和気藹々《わきあいあい》としたこの空気を前にして、本当に、彼、彼女らのパーティーに戻って来たのだと。改めてそう思わされた。

……勿論、オーネストの件は許してないが。

十六話　フロアボスの予感

それからどれ程の時間が経過しただろうか。

闘争の音が止《や》むと同時、血塗《ちまみ》れの穂先が弧を描いた。ぶん、と風を斬る音を残し、傘に残った水を払うような血振るいの動作を一度。

ひと通りの魔物の掃討を終えて、己の得物である槍の〝古代遺物《アーティファクト》〟を肩に乗せ、オーネストは肩越しに振り返った。

「────なぁ、アレク。なんでお前、サンダーボルトしか使わねえの？」

鼻が曲がるほどの死臭に眉一つ動かす事なく、平然とした様子で問いが投げ掛けられる。

「あ？」

「いやお前、攻撃系の魔法全般使える癖に、サンダーボルトしか使ってなかったろ。ついでに言やぁ、ジジイの時もか」

……言われてみれば、そんな気もした。

無意識のうちに、何かがあればサンダーボルトの魔法を使っている気がする。

魔法学院にいた頃はどんな場合でも対処出来るようにと色々な魔法を適宜使っていたというのに。

そんな折。

どうしてか、ふと、脳裏にとある人物の顔が浮かび上がった。

それは、いつぞやの王太子の顔。

自信家で、それでいて過剰過ぎる自信のわりに、実力といった中身がペラペラな王子様。

――コイツは僕が倒す！　だからお前らは手を出すんじゃない‼

目に見える手柄が欲しくて仕方が無かったのだろう。そう口にし、彼の手に負える筈もない魔物に突っ込んで行く王太子を守る為に俺がどれだけ苦心していた事か。

そのせいで使えもしない補助魔法を一から学ぶ羽目になり、そしていざという時に助けられるようにと、一番発動速度の速いサンダーボルトを……。

と、考えたところでカチリと硬質な音が響いたような気がした。例えるなら、欠けていたパズルのピースが埋まったかのような、そんな音。

「…………」

そういえば、いざという時、王太子を助ける為に俺はひたすらサンダーボルトの魔法のみを鍛えていたんだったと思い出す。

しかし、王太子のお守りの為に鍛えていた名残《なご》りと言う事だけは憚《はばか》られた。

……それを言ったら絶対、オーネストに笑われるだろうから。

だからぷぃ、と顔を逸らし、次いで視線もオーネストから適当な場所に移す。

「……さ。先を急ごうか」

まるで先のやり取りが無かったかのように振る舞い、そして足を進めようとして。

「なに隠し事してやがる。言え」

責めるような眼差《まなざ》しと共に、行く先を阻まれる。

「……気のせいだろ」

「ほぉー。オレさまに隠し事とは良い度胸してンなぁ⁉　オイ⁉」

「お前もさっき散々隠し事してただろうが⁉」

忘れたとは言わせん。

つか、どの口が言ってんだよ‼

と、散々に責め立ててやるも、オーネストの面の皮の厚さは世界一。

どこ吹く風と言わんばかりに、「んな過去の話はもう忘れちまったよ！」と言いやがるオーネストに殺意を覚えた俺は悪くない。

「……騒ぐのは別に良いけど、アレの中を確認する前に勝手にへばる事だけはやめてね」

オーネストが悪い筈なのに、何故かヨルハの呆れの視線が俺にまで向けられていた。

とんだとばっちりである。

「……アレってなんだよ、アレって」

不明瞭な言葉故に思わず聞き返した俺は、ヨルハの視線の先に目を向ける。

数秒程かけて目を凝らすとそこには荘厳としか形容しようがない古びた鉄の扉が小さく見えた。

「……あぁ、セカンドフロアボスか」

通称、中ボス。

またの名を、〝安全地帯《セーフティポイント》〟。

扉の先には次層に続く道を守る魔物――フロアボスより1段階弱いフロアボスが存在している。故に中ボス。

ただ、セカンドフロアボスが存在する鉄の扉の中はダンジョン内に存在する他の魔物から襲われる心配はなく、一度倒してしまえば扉の外に出ない限り、その場所は〝安全地帯《セーフティポイント》〟と化す。

扉の外に出た場合、一定の時間が経過すると、やがてセカンドフロアボスは復活を遂げてしまうのだが、一度倒してしまえば気兼ねなく休憩出来る点から冒険者の中では〝安全地帯《セーフティポイント》〟と呼ばれていた。

「どうする？」

「どうするって、行くしかねえだろ」

全員の意見を確認しようとするヨルハの声を押し切ろうとするのは勿論、オーネスト。

ダンジョン内に複数存在するセカンドフロアボスの〝安全地帯《セーフティポイント》〟で休んでいるかもしれない。

という少なくない可能性を加味すればすれ違わないように一度、覗いておくのが吉。

だが、扉を開けてしまったが最後、強制的にセカンドフロアボスとの戦闘が始まってしまう。

「……ま、中にいるかいないかは置いておいて、この辺りで休憩を入れておくのも悪くないかもしれないわね」

ダンジョンに潜ってから一体、どの程度時間が経過した事だろうか。

ダンジョンでは基本的に時計の不携帯が推奨されている。時間は時に、己の精神を追い詰める毒と化すから。その言葉は、魔法学院に在籍していた時も口酸っぱく言われ続けていた。

「それに、64層はこれが初めてだったし、人を捜すならダンジョンの情報共有は早めにしておかなきゃいけないでしょう？」

いつ魔物に襲われるか分からない場所ではおちおち情報共有も出来やしないとクラシアが言う。

その発言に、あえて反対する理由はなく、俺も同調する。

「決まりだね」

――と、これからの予定が決まった。

そう思ったところで、唐突にずしん、と不自然に地面がほんの僅かに揺れる。

先程のように戦闘を繰り広げていたならば間違いなく気付かなかったであろう小さな揺れ。

耳をすますと、地響きのようなおどろおどろしい音が鼓膜を掠めた。

「……あン？」

それにオーネストも気づいたのか。

周囲に伝播《でんぱ》する微かな振動と音に誰よりも先に反応を見せ、不思議そうに片眉を跳ねさせる。

やがて、

「おいおいオイ。これ、もしかしなくとも当たりを引いたんじゃねえか？」

もしや、先程のオーネストと同様、周囲にその存在を知らせんとあえて騒がしくしているレヴィエルの仕業か。と、一瞬思うが、これは戦闘音というより、破壊音。

闇雲に何かを破壊した時に生まれる音の類だ。

しかも、その音は止む事を知らないと言わんばかりに立て続けに鳴り響く。

「……相当怒ってるね、これ」

耳に届いた微かな音で、戦闘とは程遠いその破壊音が怒りによって振るわれているものであるとヨルハが指摘していた。

魔物には基本的に言葉は通じないが、それでも人と比べればよっぽど逆上しやすい生き物であると知られている。

遠く離れたところからここまで音を響かせているのであれば暴れているのは間違いなくフロアボスクラスの魔物。

そして、相手は間違いなくお冠。

相手の冷静さを欠かせる事は魔物を倒す上で有効な手段たり得るものであるが、言葉の通じない魔物に対してここまで憤怒《ふんぬ》を爆発させられるように挑発を繰り出せる器用な人物は決して多くはない。

腹立つポイントを的確に突いて、突いて、突いて、突き続け、人を食ったような態度で煽《あお》り続ければきっとこんな感じになるんじゃないだろうか。と考えたところで、

「……そういえば、ちょうどお誂《あつら》え向《む》きのクソ野郎がクリスタのパーティーにいたわね」

苦虫を噛み潰したような表情でクラシアがそう口にした。

やがて、周囲に伝播するように、ヨルハ、オーネストとその苦々しい表情が広がってゆく。

「……あー、そういや、いたな。脳筋ゴリラのとこにはクソ中のクソみたいなやつが確かにいたわ」

評価は最底辺。

その様子から、その者の事について聞いたところで間違いなく罵倒しか出てこないであろう事は容易に察する事ができた。

「良い機会だ。アレクも、覚えとけ」

何も知らない俺を気遣ってか。

オーネストは言い聞かせるように言葉を紡いでいく。

「────ロキ・シルベリア。あっちで魔物を怒らせてるのは間違いなく息を吐くように腹立たせてくれるSランクパーティー随一のクソ野郎だ。人呼んで────〝クソ野郎〟だ」

……それ、絶対人呼んでじゃなくてオーネストが勝手に一人で呼んでるだけだろ。

そう思ったが、クラシアやヨルハまで渋面を浮かべてる手前、指摘する事は憚られた。

十七話　ロキ・シルベリアという〝クソ野郎〟

程なく、視線と手のひらを大地に向け、ヨルハの口から静謐《せいひつ》に紡がれる補助魔法。

それは〝ギルド地下闘技場〟でレヴィエルが俺に対して展開してみせた魔法のひとつ。

続け様に浮かび上がるは、銀色の魔法陣。

ただ、その規模はレヴィエルの時とは比較する事が烏滸《おこ》がましい程に、規格外。

一際大きく展開されるソレは、バラバラに点在していた俺達全員を覆うよう下から上に平行移動し、魔法を付与。

「────〝加速術式《スペルブースト》〟────」

「取り敢えず、様子を見に行こう。ロキかどうかはさておき、これは見に行くべきだろうから」

音というこれ以上ない手掛かりが消える前に。

そう言いながら二重、三重と〝加速術式《スペルブースト》〟の補助魔法を重ね掛けしていくヨルハの意見に、否定の声はやって来ない。

つまり、肯定。

「ただ、セカンドフロアボスの部屋の位置だけは頭に入れておいて。逃げ込む必要性が絶対にないとは言い切れないから」

──特に、オーネスト。

と、あえての名指し。

「あいよ」

「……本当に分かってるのかなあ……」

あまりに軽い返事に、ヨルハは頭を抱えて嘆息。肩に乗せていた〝古代遺物《アーティファクト》〟を仕舞いながら空返事する様子を見る限り、多分聞いていない。

そのやり取りから、俺がいなかった4年間のヨルハの苦労が偲《しの》ばれた。

「あのクソ野郎が簡単にくたばるとは思えねえし、何なら傍観してもいいところなンだが、フロアボスらしき敵とやり合ってるなら話はちげえ。取り敢えず、相手の面《つら》拝みにいくぞ」

転がり込んできたこの好機を逃す訳にはいかねえ。

精悍《せいかん》な相貌に楽しげな色を乗せ、その言葉を最後に獣と見間違う程の敏捷性《びんしょうせい》でオーネストの姿が視界から掻き消える。

宙に浮く蹴り上げられた土塊と、一瞬にして遠ざかった足音から彼が轟音響く場所へと向かって行ったのだと否応《いやおう》なしに理解させられた。

「アレクはバカを追わなくていいの？」

「……オーネストが行ったんなら別に俺まで行く必要はないだろ。何より、追い付けないし」

クラシアの問いに、俺は首を横に振る。

ヨルハから補助魔法を平等に掛けて貰っているこの状況下では、逆立ちしても俺はオーネストには追い付けない。

近接系のアタッカーらしく、パーティーの中ではオーネストの身体能力は飛び抜けて高い。

追い掛けたところで見失うのは最早必然。

であるならば、散り散りになるよりヨルハやクラシアと行動を共にするべきである。

「それに、オーネストは自己中で、自尊心の塊で、無遠慮なやつだけど、でもあいつは馬鹿じゃない。だから、ま、何とかなるだろ」

分が悪いと判断すれば態勢を立て直そうとするし、何より〝勝つ〟という行為に対する執着心が誰よりも強い人間である。

だから、一人で行かせてもひとまず問題はないと判断する事にした。

程なく、オーネスト程ではないにせよ、補助魔法によって底上げされた身体能力でもって、俺達も後を追わんと駆け出す。

「それより、オーネストの言ってたロキ・シルベリアって？」

恐らく、このままいけば共闘という流れになる筈。だから、先程口にされていたSランクパーティーの冒険者の事についてクラシアに訊ねる事にしていた。

「こすっからい補助魔法師よ。良く言えば、計算高い魔法師ってとこかしら。……ただ」

「ただ？」

殊更に区切られたその言葉に眉を顰める。

思うところがあるのか、少しだけ言葉に間が空いた。

口にする事が憚られる事であるのか。

何処か悩ましげな表情を浮かべ、己の考えを繰り返し確認するように瞬きを数回。

やがて、

「……ただ、実力は相当高いわ。だから、もし本当にこれがロキの仕業なら相当骨が折れるんじゃないかしら」

パーティーメンバーの一人が助けを求めてギルドに駆け込んできた。

つまり、現状3人パーティー。

とすれば、この破壊音は相手を倒す為のものではなく時間稼ぎをする為のものであると考えるべきだろう。

「……ま、此処はフィーゼルの64層だしな」

世界各地に点在するダンジョンの中でも特に難易度が高い事で知られるフィーゼルダンジョン。

その内の一つの、それも64という深層。

一筋縄でいかない事はある意味当然でもある。

「でも、性格がクソ野郎って大丈夫なのか」

そんな奴と協力が出来るのかと。

至極当然な疑問を吐き出す。

「……それについては多分、大丈夫よ。揶揄《からか》うと面白そうな人間を見るたび揶揄おうとする性格と、勝つ為なら己の持てる手段、その全てを使ってでも徹底的に叩き潰そうとする性格。あと、謎過ぎるテンションを除けば普通の人間だから」

「いや、それ全然大丈夫じゃないだろ」

不安しか感じられない言葉の羅列。

普段なら何かにつけてフォローするヨルハがすっかり黙り込んでしまっているところも不安を煽るポイントとなっていた。

そして、拭い切れない不安を抱いたまま走り続ける事数分。


「……あー、やっぱりロキだ」

漸くそれなりに距離が縮まったところで、不意にヨルハが声を上げた。

だよねー。

と言わんばかりに、それは疲労感がこれ以上なく滲んだ声音であった。

「ほら、でっかい魔物に追われながらオーネストに助けを求めてる変な奴。あれがロキ」

言葉に従うように目を凝らすと、辛うじて視界に映り込む人影がひとつ。

マッシュ頭の男は全速力で駆けながら、傍観を決め込んでいたオーネストにちょうど声を上げて助けを求めているところであった。

「オーネストくぅぅぅん⁉　ちょ、そろそろ助けて‼　僕、まじ死ぬ‼　こっちはもう疲れ果ててるんだよ⁉　てか、助けに来てくれたんじゃないの⁉　クリスタから頼まれたんじゃないの⁉　見てるだけとか畜生かよ‼　ほんっと！　後生だから！　ねえ！　ねえ！　ねえぇぇぇ‼」

「どこからどう見ても元気ありあまってンだろ」

地響きと助けを求める声に応じる事なく、いつぞやのレヴィエルのように小指で耳の穴をほじくりながら素知らぬ顔でオーネストは傍観を決め込んでいた。

ロキと呼ばれた男を追い掛けているのは全長10メートルはあろうかといった縫い目だらけの異形の化け物。

一応、4本足の獣のような原形は何とか残ってはいるが、毒々しい色の肌や、不自然過ぎる縫い痕等、生き物というより、ただの化け物である。

そして、遅れて轟くはその場にいたもの全ての身体を竦ませるほどの怨嗟《えんさ》の咆哮《ほうこう》。

フロアボスらしき魔物はオーネストの存在は眼中にすら無いのか、ロキがオーネストに化け物を押し付けようとしても全くの素通り。

完全に、眼中の外であった。

やがて、

「てんめぇ、まじ覚えとけよ。これでもし僕が死んだら、てめえの枕元に化けて出てやるからな。毎晩、恨み言を囁《ささや》き続けて、終いには――――へぶっ⁉」

オーネストに敵意を向けながら、迫り来る魔物の攻撃を避けつつ、まくし立てるように言葉を叫び散らしていたせいか。足元にあった窪《くぼ》みによってロキは躓《つまず》き、盛大に地面に顔面ダイブ。

「……なぁ、あれまずいんじゃ」

その様子を前に、助けないとまずいのでは。

と思い、慌てて俺が助けに向かおうとするも。

「……あー、うん。気持ちは分かるけど、でも心配しなくても大丈夫。あれがロキの戦い方だから」

咄嗟《とっさ》に口を衝いて出た俺の言葉を耳聡《みみざと》く拾ったヨルハが、それは必要ないと制止する。

鋭利に尖《とが》った魔物の鉤爪《かぎづめ》がやがて地面にダイブしたロキに迫り、そして有無を言わせず衝突。

盛大な破壊音と共に、舞い上がる砂煙。

直撃したならば、まず生きのびる事は不可能だろうと思わされる攻撃であった。

……しかし、程なくロキが蹟いた場所から浮かび上がる巨大な赤色の魔法陣。

それは化け物を覆い尽くすほど大きく広がって行き、そしてやがて、そこから打ち上がる火柱。

次第にそれは数を増し、ひっきりなしに繰り出される怒濤《どとう》の、連撃。

「……上手いな」

その光景を前に、ついそんな感想が漏れた。

蹟いたと見せかけて、その実、地面に魔法陣を設置。踏み抜いた側から発動する仕掛けを組み込んだ上で、程なく化け物の周囲に一斉に展開される新たな魔法陣。

その数、５。

単純に魔法陣を設置して誘い込むのではなく、蹟いたフリをしてあえて誘いにいっているところに、当人の性格がモロに滲《にじ》み出《で》ていた。

「ふ、は、ふははは!!　まーた引っ掛かりやがったよ⁉　こんな状況で蹟くなんてドジ踏むわけないだろ!!　バカが!!」

何処からともなく聞こえてくる哄笑《こうしょう》。

先の攻撃で砂煙が舞い上がったせいでロキの姿は見えないが、それでもオーネストやクラシアがクソ野郎と呼ぶ理由の一端を垣間見《かいまみ》たような。

そんな気がした。

十八話　〝雷鳴轟く《サンダーボルト》〟　vs.フロアボス（？）

勢いよく打ち上がった火柱によって、舞い上がっていた砂煙が急速に晴れてゆく。

やがて、いつの間にやら化け物からそれなりに距離を置いた場所にてロキの姿を数秒経て発見。

明瞭になった視界の中、どうしてか、ロキの腕に視線が吸い寄せられた。

「怪我《けが》してるな、あいつ」

威勢よく叫び散らしてはいるが、ロキの右の腕は力なくだらんと垂れ下がっていた。

よくよく見ると全身、至るところに傷が見受けられる。それも、その全てが刃物によって生まれた斬り傷のようなもの。

だからそれが、間違っても目の前で暴れ、猛威を振るっている化け物の仕業であるとは思えなかった。

何より、目の前にいるのはロキ一人。

本来いる筈の残りの二人が何処にも見当たらない。では、残りのパーティーメンバーは果たして何処にいるのだろうか。

疑問が疑問を呼び、考えれば考えるだけ疑問が生まれ、頭がこんがらがる。

「……取り敢えず、死なせるわけにはいかないか」

如何にクソ野郎と呼ばれていようとも。

明らかにオーネストと険悪な仲であろうとも、現状、ロキが持っているであろう情報は何よりも優先して得るべきものである事は明らか。

だったら、俺が取るべき行動は最早決まったようなもの。

頭の中で結論を出し、そして俺は声を上げる。

同時、駆ける速度を更に上げた。

「そいつ、助けるぞオーネスト！！！」

「……もうちょい粘っても悪くねえとオレさまは思うんだが……まぁ、仕方ねえか」

――てめっ、さっきから、まじでいい加減にしろよ⁉　こっちは先輩だぞ⁉　先輩‼　粘るとかふざけんな！　僕を本気で殺しにきてんじゃん‼

などと怒声が上がるも、それを気にする様子もなく「うるっせえ」と言葉を残してオーネストは鼻白む。

どれだけ嫌味やら言葉を重ねようと、当のオーネストに聞く気というものが一切ない。

だからどれだけ声を上げようとも、それは無意味でしかなく、少しだけロキに同情心を抱いた。

「敵の〝ヘイト〟は任せた」

「おう、任された」

直後、レヴィエルの時とは異なり、オーネストの右手首につけられた銀のブレスレットが発光。

邪魔であるからと収められていた〝古代遺物《アーティファクト》〟――〝貫き穿つ黒槍《アルマレステカ》〟を発現。

それを手に取り、ぶぉん、とオーネストは一度振り下ろす。

「―――つーわけだ。怪我人は大人しく退いてろ」

無拍子かつ、殆ど無音に近い移動。

その場に残像だけを残して跳ねたと認識した直後には既にロキと、再び彼に狙いを定めていた化け物の間にオーネストは移動を遂げていた。

「……それを知った上であの態度って性格悪過ぎないかなぁっ⁉」

「性格が悪いなんざ、てめえにだけは言われたくねえ‼」

視線すら合わせず、言い合いを一度、二度。

「オーダーは‼」

「足止め！　可能なら後ろに押し返せ‼　その後は俺が何とかするっ！！！」

「く、はっ、その程度なら造作もねえ！！！」

やや腰を落とし、黒槍をオーネストが構える。

沁《し》みるように場に溶け込んだ威圧感を一顧だにする事なく、破顔。

楽しくて仕方がないといった様子で、その声は弾んでいた。

泰然としたその立ち姿に、隙なんてものは見つかる筈もなく、俺の瞳にはオーネストの背中が実際よりもずっと大きく見えていた。

6年もの間、背中を預けていた懐かしい背中を前に、顔が綻んでしまう。

「補助寄越せヨルハぁぁぁぁああ！！！」

「言われず、とも―――ッ‼」

轟く、咆哮。

転瞬、オーネストと俺とクラシアの足下、そして頭上ピンポイントに魔法陣が浮かび上がる。

平行に、一重、二重、三重、四重、と際限なく膨れ上がる魔法陣の数。

そして、最終的に七重にまで膨れ上がる補助魔法。その、重ね掛け。

魔法というものは誰もが全ての魔法を使えるわけでなく、適性というものが存在し、〝努力〟を幾ら重ねようともその適性だけは覆らない。

それが誰しもが知る魔法の揺るぎない真理であった。

その中で、補助魔法のみに限れば全適性を持つという正真正銘の規格外。

己が『天才』であると信じて疑わないあのオーネストですら認めざるを得なかった補助魔法師。

それが、ヨルハ・アイゼンツという『天才』。

発現させるは、七色に輝く七重の魔法陣。

効果は、五感含む身体能力。その全ての向上。

「……いやあ、相変わらず壮観だねえ。その補助魔法の才能だけはこの僕もドン引きせざるを得ないなあ」

ヨルハの魔法を前に、ロキの口から感嘆の言葉が漏れ出るも、ヨルハは勿論オーネストの耳にすら入らない。

ただ、ただ、耳から耳へ素通りするだけ。

全神経を既に集中させてしまっているせいで必要のない雑音は全て届かない。

「────────!!!!」

言葉にならない化け物の咆哮。

大地を揺らす足音。肉薄。地面を抉《えぐ》りながら迫る右前脚。その鉤爪。

逆巻く波濤《はとう》が如き怒濤の殺意の奔流を前に、

「……はンっ」

オーネストは気が抜けたように笑う。嘲笑《あざわら》う。

やがて、口の端を軽くつり上げて、一言。

「こうして目の前に立ちはだかってやったってのに、オレさまはまだ眼中にないのかよ。おいオイ、そりゃ、流石にナメ過ぎってもンだろうが」

化け物の視線は未だオーネストに向けられず。

攻撃の向かう先はロキ。

殺意も、咆哮も、攻撃も。

全てロキが一身に受けている状況。

その現状は、自尊心の塊とも言えるオーネストにとっては決して心地の良いものではないだろう。しかし、怒ろうとはしていなかった。

その理由はきっとオーネストが一番理解しているから。度外視されている理由が、目の前の化け物にとって己が取るに足らない存在であると認識されている事だと気が付いているから。

そして、基本的にオーネスト自身も考え方はそちら側の人間であるからこそ、言葉で何を言おうと取り合って貰えない事は承知の上。だからこそ、怒っても無駄と悟っている。

同時、その驕《おご》りによって生まれる恥辱がある事も、勿論、承知の上。故に、

「言っとくが、見誤った代償は高く付くぜ？」

その恥辱を屈辱として鮮烈な思い出として叩き付けてやる為に、オーネストはそう口にしたのだと思った。

あいつは、そういうヤツだから。

薄く笑うその顔は、物凄く様になっていた。

「は、ぁ――――」

そんなオーネストの様子を視界に捉えながら、俺は息を吐いて自分自身の状態を確認。

頭の中を整理する。そして一度、ゼロへ。

クリアになった思考の中、己がすべき事だけに意識を向ける。聴覚は正常。けれど、何も頭に入らない。

こういった感覚は、４年ぶりだった。

俺が知るオーネストならば。

……否、オーネストならば、間違いなくオーダーをこなしてくれる。あいつが造作もないといった。ならば俺もそれに応えるだけ。

故に――――これは理屈じゃない。

理屈なんてものではなく、証明する手段を持ち得ない信頼って曖昧なものに身を任せ、助け合っ

て、打倒する。

それが、パーティー。

パーティーとは、そういうものだ。

責任を誰か一人に押し付けたり。自分本位に行動する事は基本的には許されない。

パーティーメンバーの事を誰もが考え、理解して、その上で行動しなければいけない。

文字通り、俺達は背中を任せ、命を預け合っているのだから。

故に、たとえ表面上はいがみ合っていようと、それが守らなければならない鉄則。

だからこそ、

「〝多重展開《アクセラレーション》〟」

ひとまず、防御を捨てた。

いざという時に逃げる、という選択肢をまず投げ捨てる。それをしようと思える冷静さと、余裕すら放り出して、来《きた》るべき一度の好機の為に全てを注ぎ込む。

オーネストが止められなかった場合、化け物の攻撃はロキに向かう。そしてそうなれば、その延長線上にいる俺もただでは済まないだろう。

でも、それがどうした。

キン、キン、キン、と音を立てながら緩やかな速度で虚空に描かれる魔法陣。

左の手のひらを宙に向け、準備を整えてゆく。

その形や大きさは全てがバラバラ。

しかし、止まる事を知らないと言わんばかりに円い輪を描く特大の魔法陣が、オーネストの眼前に次々と速度を増して描かれてゆく。

質より量。

的が大きい相手には物量こそが全てである。

「……あれ。あれあれえ。見慣れない子が一人いたから急拵《きゅうごしら》えのパーティーかと思ってたんだけど……もしかしてこれ、〝終わりなき日々を《ラスティングピリオド》〟全員集合《フルパーティー》？」

まだ、増やせる。

まだ、まだ、増やせる筈。だから、

――――描け、描け、描け、描け。

際限なく、どこまでも魔法陣を展開しろ。

不意をつけるならこの一度が最大の好機。

だから、もっと、もっと、もっと、もっと――――。

「現時点で20は展開してるよねえ。しかも、まだ増えてる。この調子なら、致命傷は与えられるかな。いやぁ、僕ってばやっぱり今日もツイてるう。フロアボスの弱い方の片割れとはいえ、これならいけるっしょ」

やがて、描く魔法陣を遮るように、視界に映るオーネストの姿。

突き出された鉤爪に対抗するは、威勢よく繰り出された〝古代遺物《黒槍》〟。

程なく両者が衝突すると同時、空気が振動する。遅れて響き渡るは、鼓膜を容赦なく殴り付けてくる轟音。

「く、は、くは、くははははははは‼‼　さっ、すがに重えわなぁッ⁉」

常の理法に従うならばオーネストが数百倍という体格差の相手に対して力で競り勝つ事はまず、不可能。

誰もがそれは口を揃えて言った事だろう。

俺だって否定はしない。

しかし、それはオーネストだけの力ならばの話。今のオーネストには補助魔法において右に出る者がいないと謳われた『天才』魔法師の力さえも加わっている状況。

どれだけの体格差があれ、であるならば、オーネストは押し留められると判断した。

やがて、

「だ、が、よぉ⁉　オレあ、言ったよなぁ⁉　ナメ過ぎ、だろうがってよおお————ッ！！！」

ぴしり、と地面がひび割れ、同時、窪む。

だがそれでも、押し込まれてはいなかった。

むしろ、圧倒的な質量を前にしているにもかかわらず、一瞬の膠着状態から一転してじわじわと押し返していた。

そし、て。

「ッ、あぁぁぁぁああああぁぁぁ！！！」

己を鼓舞するように叫び散らされる声と共に、身の丈を遥《はる》かに超えるほど大きな化け物の身体が、僅かに宙に浮く。

――――造作もねえ。

その発言に、嘘偽りは何処にも存在していなかった。

「……このオレさまに対して、舐めてかかったのがてめえの敗因だ。分かったら、死んで詫《わ》びろや」

驚愕《きょうがく》の表情を浮かべながらたたらを踏んで押し返される化け物の身体。

しかも押し返されたその先には、トドメを刺す準備が施されている。

数にして、約30の魔法陣。

これが今の俺の限界。準備は、既に整った。

あと残されたのはたった一つの工程だけ。

魔法発動の言葉を最後、口にするだけ。

さぁ、食らっとけ。四方八方からの怒濤の雷撃を。ここで死んどけ化け物――――。

「そら、やっ、ちまえッ、アレク！！！」

「――――〝雷鳴轟く《サンダーボルト》〟――――‼」

十九話　四者四様　vs.フロアボス（？）

タイミングも、魔法も。

全てが完璧。今出来る最高の攻撃であり、連携。そう言い表すべきものであった。

しかしただ一つ、予想外だった事があるとすれば、それはきっと目の前の化け物に備わっていた本能と称すべき危機察知能力。

「ガッ――――」

巨体を掠める一筋の雷光。そしてそれは、次いで貫き穿《うが》つ凶刃と化し、容赦なく降り注ぐ。

一瞬ばかり聞こえた苦悶の声すら上塗りして、轟く衝撃音。地面すら刺し穿つソレは文字通り全てを呑み込み、息を吐く暇《いとま》すら与えない――――筈だった。

本当に、直前。

魔法を発動するコンマ数秒前に、目の前の化け物は臆したのか。死に体ともいえたあの状態にもかかわらず、その場から逃げる準備を整えてみせた。

〝雷鳴轟く《サンダーボルト》〟は数ある攻撃魔法の中でも発動速度は最速と謳われている。

だが、それすらも上回り、数瞬先の危機を察知してあの体勢から逃げの一手を繰り出した。

そのお陰で化け物は多数の魔法陣による〝雷鳴轟く《サンダーボルト》〟の直撃は免れている。最早、天晴《あっぱ》れという他ない。

……ただ。

「縛《いい》れクラシアあぁぁああぁッ！！」

ただ、攻撃はまだ終わってない。

オーネストが喉《のど》を震わせ、そう叫び散らした事こそがその証左。

「うるっさいわねえ⁉ そのくらい、命令されずとも分かってるわよっ‼」

後方で待機していたクラシアの手には一張の弓。オーネストに言われるまでもなく既に腰を落として放つ体勢に入っており、程なく化け物の頭上目掛けて光を帯びた一本の矢が撃ち放たれた。

それは真っ直《ます》ぐ、化け物の頭上へと飛び進み、ちょうど真上に届いたところでふっ、と霧散。

同時、消えた矢の代わりに浮かび上がるは金色の特大の魔法陣。

その魔法の名を、

「————〝降り注ぐ光矢《アローレイン》〟ッ！！」

化け物の身体と地面を縫い付けるように、一斉に生まれ出、降り注ぐ光の矢。

数える事が馬鹿らしくなる程の物量。

ただでさえ、〝雷鳴轟く《サンダーボルト》〟を完全に避け切れなかった事で痺れが回っているのか。その上更に矢を受けた事によって身体の動きが目に見えて鈍くなる。

そして、それにとどまらず、

「ボクの事も忘れないで欲しいかな」

化け物の行動を阻まんとする声がもう一つ。

苦笑い混じりに聞こえてくるそれは、ヨルハの声。

彼女の視線は、その場を離脱しようともがいていた化け物の足下に向けられており、

「〝拘束する毒鎖《バインド》〟」

言葉を発した側から大きく広がり、展開される毒々しい色の魔法陣から這い出るように膨大な量の鎖が出現。

搦《から》め取《と》るようにそれは肢体に絡みついてゆく。

「グ、ガアアァァァァァアア────ッ！！！」

二人掛かりによる押さえ込み。

生まれ持った規格外の膂力《りょりょく》にものを言わせ、化け物はその拘束から逃れようともがくも、既に生まれてしまった数瞬の硬直がこの場では生死を分ける。

つまり、

「ンな事をしたところでもう手遅れだわなぁ⁉　てめえは既にでけえ的《まと》でしかねえよ‼」

チェック詰《メイト》み。

目の前の化け物にあと出来る事はといえば、行動を阻まれて尚《なお》、それでも尚と抗《あらが》う事だけ。

しかし、とうの昔にオーネストの右手で握り締められていた黒槍は、思い切り振り上げられていた。右足を後ろに下げ、身体を捻り、残すはあと一工程。

必殺を期した投擲《とうてき》まで、残すはあと一瞬。

そして、オーダーをこなした側から次の攻撃の準備に入っていたオーネストに『躊躇《ちゅうちょ》』なんて

ものが入り込む筈もなくて。

「そ、ぉらッ、食らっとけデカブツ——————ッ！！」

大きく振りかぶり、全てを消し飛ばさんばかりに、撃ち放たれる投擲。

一筋の黒い線が眼前に描かれ、化け物の身体を一直線に貫き穿つ。

その一撃によって生まれるは、刹那の空白。それで、十分。

その一瞬さえあれば、事足りる。

「〝四方封陣《しほうふうじん》〟」

今度は、既に手負い。

本来の敏捷性は勿論、怒濤とばかりに続いた連撃によって蓄積されたダメージのせいで、今度はもう間違いなく避けられない。

ならば次こそ、確実に仕留められる魔法を展開する。実行する。ただ、それだけ。

程なく浮かび上がるは、特大の魔法陣。

灼熱《しゃくねつ》を思わせる色合いのソレが、化け物を囲むように前後、左右。計4つ。

四方から対象をまるで封じるように展開し、攻撃を余す事なくぶつける手法故に——〝四方封陣〟。

けれど、直後。

「ガ、ァ——————っ」

化け物が大きく口から息を吸い込んだ。

やがてキィン、と耳障りな金属音が盛大に場に轟き、化け物の口元に大きな円い魔法陣が描かれる。

その行動はいかにも、避けられないのならば、たとえ痛み分けになろうとも、でき得る限りの力を尽くして己の障害を見境なく壊してしまえばいい。

そう言っているようでもあって。

「お前、意外と冷静なんだな」

ほんの少しだけ、目の前の化け物に対して俺は恐怖心を抱いた。

怖い敵というものは逼迫《ひっぱく》した状況下であろうと冷静に物事を判断し、最善を導き出せる存在。

俺はそう認識してる。

だから一見、自棄《やけ》とも取れるその行動であるが、確かな冷静さからやって来るものであると感じ取り、思わず言葉を溢《こぼ》す。

「でも、悪い」

俺はオーネスト程の身体能力はないし、得物を持たせれば間違いなくどんな得物であろうとあいつの方が上手く扱う。

補助魔法に関していえば、俺はヨルハの足下にも及ばない。だから、こうして宮廷から追い出される羽目になったのだ。

回復魔法なんて、俺には一切の適性がない上、クラシアほど器用であるとは間違っても思わない。

だけど、魔法学院では俺が上であると評価された。魔法学院だからこそ、俺の方が評価された。

オーネストや、ヨルハ、クラシアは口を揃えてそれは違うと言っていたけれど、少なからずコレが影響していたのは確かである。

なにせ、

「俺にそういう魔法を向けるのは悪手だよ」

十数年前に魔法学院にて、『天才』と謳われた麒麟児《きりんじ》が編み出したとされる反則魔法——向けられた攻撃魔法を瞬時に相殺させる為に生まれた〝反転魔法〟を扱う適性に恵まれたのは、ここ十数年で俺と、当時の首席を除いて誰一人としていなかったから。

名前は最後まで明かされる事はなかったけれど、きっとそいつの名は——。

「とっておきの魔法を、俺はエルダスに教わったから」

脳裏に浮かぶ懐かしい男の顔。

お陰で上手くやれると感謝の念を抱きながら、意識を目の前の化け物へと戻す。

そして程なく、割れんばかりの咆哮が轟いた。

それを伴って撃ち放たれるは、猛炎帯びる特大の魔法攻撃——〝息吹《ブレス》〟。

恐るべき速度で迫るソレに対し、俺は空いていた左の手で虚空に円を描く。

必要な工程はたった3つ。

虚空に円を描く事。

己に向けられた魔法を強くイメージする事。

そして、発動の言葉を口にする事。

攻撃はもう、すぐ目の前。

故に喉を震わせ、声に出せ――――。

「〝反転魔法《リフレクト》〟」

浮かび上がるは白銀の魔法陣。

直径は俺の身長程しかない小さな魔法陣。

しかし、そんな魔法陣からすぐさま、迫る魔法を相殺するべく音すら置き去りにして撃ち放たれる、全く同じ規模の魔法。そしてそれらは互いにぶつかり合い、爆風を生み出した。

〝反転魔法〟を発動させた事で、憂いは消えたと判断を下し、右の手に若干の力を込めながら灼熱色の魔法陣に意識を向ける。

相手に自由を許すな。思考を許すな。

故にだからこそ、続けて唱えろ――――!!

「――――〝火葬《ヘイリオス》〟――――!!!」

転瞬、周囲の温度が爆発的に膨れ上がり、じり、と肌を焼く程の熱量が四方に展開された魔法陣より、一斉に放出。生まれる轟音。

それは、十数秒にわたって続いた。

断末魔のような怨嗟の咆哮を耳にしながらも、流石にこれで倒れるだろう。

……そう、思っていた矢先であった。

〝火葬《ヘイリオス》〟の効果が切れる直前、すっかり焼け焦げてしまった化け物の腕が爆煙から姿を覗かせた。そして、壊れかけのブリキ人形のようにギギギとぎこちない動きを見せた後、オーネストが防いでみせた時よりも更に加速させた上で、繰り出される一撃。

でも、食らえば間違いなく致命傷の一撃を前に、俺は無防備に立ち尽くしたまま、気の抜けたように笑った。

「……悪いけど、今そこは猛獣注意なんだよね」

「────〝貫き穿つ黒槍《アルマレステカ》〟」

呆れるように言ってやる。

するとちょうど、声が被さった。

目の前に現れる一つの影。見慣れた背中。

投げ飛ばした筈の槍を携えて、そいつは俺と瀕死《ひんし》の化け物の間に割って入ってくる。

「だーれが猛獣だ、ボケ」

ふざけんなと言わんばかりに口にされる言葉。

次いで、俺に迫っていた筈の必殺の一撃は、一度、二度、三度と目にも止まらぬ速さでオーネストが槍をぶつけた事により、苦もなく弾き返される。

……振り絞った最期の一撃だったのだろう。その攻撃を最後に、化け物は力なく地面に倒れ伏し、ずしん、と緩やかな地鳴りを残してその巨大過ぎる身体が風化を始める。

ダンジョンにすまう魔物。

それもフロアボスと呼ばれる魔物は息絶えるとその瞬間から屍骸《しがい》の風化が始まる。

〝核石《コア》〟や、〝古代遺物《アーティファクト》〟は基本的にこの風化を経た後にポツンと残される仕組みとなっていた。

この巨体であれば、風化にもそれなりの時間を要するだろう。

そんな事を思いながら俺は化け物からオーネストへと視線を移す。

「ナイスフォロー」

「当ったり前だ。なにせオレさまは、『天才』なんだからな」

相変わらずの自尊に満ち満ちた言葉。

しかし、慣れてしまえば案外、こういった言葉で締めるのも悪くないと思えてしまう。

だから俺は、「次も頼むわ」と言葉を付け加え、屈託のない笑みを向けてやった。

二十話　もう一体のフロアボス

パチ、パチ、パチ。

先程までとは一転して静まり返りつつあるこの場に、何処からともなく手を打つ音が明瞭に響き渡る。

「流石はガルダナ王国王都ダンジョン最高踏破68層パーティー。打ち立てた『伝説』は伊達《だて》じゃないなあ」

視線を向けると、そこにはロキの姿があった。

「ともあれ、ほんっとに助かった。この恩はいつかうちのパーティーリーダーがキミ達に返すと僕が約束しよう。うん」

「……相変わらず、何もかも人任せなんだね」

知ってたけども。と、ヨルハがロキの発言に対してわざとらしく呆れてみせる。

次いで、責めるような視線を向けるが、当の本人はどこ吹く風。

それを気にする様子は一切ない。

気にしたら負けだよと言って、へらりと笑うだけである。

「————で、助けて貰った上に悪いんだけど、幾つかポーションを分けてくれないかなあ。僕が持ってた分は全部リーダーにあげちゃって」

「あげた、だぁ？」

ほら、僕はこの通り傷だらけだし。

そう言ってこれ見よがしに痛々しい傷を見せ付けてくるロキの物言いにオーネストが反応。

回復魔法の使用が禁じられているダンジョンにおいて、唯一の命綱ともいえるポーションを全て預けるなんて行為は、どう考えても暴挙であるとしか言い表しようがない。

特に、ここは64層。

そこいらの浅層とは訳が違う。

「そうそう。だって僕、クリスタと同じで逃がしてもらった側の人間だし。だからポーションはあるだけ渡して来たんだよねえ」

「……それどういう事？　あれ、フロアボスじゃないの？」

クラシアも会話に交ざる。

今も尚、風化を続けるあの屍骸を見る限り、間違いなく先程まで猛威を振るっていた化け物はフロアボスである。その証明は今も成されている。

そこに嘘偽りが入り込む余地はない。

「うんにゃ、それは合ってる。あれは間違いなくフロアボス。でも、あれは楽チンな方のフロアボスってだけでねえ」

若干、苛《いら》つきを覚える独特な口調で話される言葉を己なりに整理。

そして、導き出される答え。

「……フロアボスは一体だけじゃないって事か」

「そういう事。んで、リーダーがちょいと4人じゃキツイって言うからクリスタを上に向かわせたって訳。で、僕は知能指数低そうな化け物を厄介な方のフロアボスから引き離す役をこなしてた。なにせ、魔物からの〝ヘイト〟を取る事に関していえば僕が一番上手いからね」

軽く説明を受け、ロキがポーションを所持していない理由に納得出来たのか。

……なら仕方ねえな。と言ってオーネストは懐からポーションの収められた入れ物を取り出し——そしてその中身を傷だらけのロキの身体に向かって頭からぱしゃり、と乱暴にぶちまけた。

渡すのではなく、中身をそのままぶちまける。

その行動に、彼らの関係性がこれ以上なく鮮明に滲み出ていた。

「…………」

一瞬の硬直。

だが、程なく何をされたのか理解が及んだのか、わなわなと震え始めるロキの身体。

対してオーネストはといえば、手間が省けて良かったろ。と言わんばかりに口の端をゆるく持ち上げている。

ポーションの性質上、癒す為には結局傷口にかける必要性があるのだが、ただそれでも頭からぶちまける必要はどこにもない。

一応、その行為はオーネストなりの優しさのあらわれであったのだろうが、残念な事に俺の目から見ても明らかに喧嘩《けんか》を売りにいっているようにしか見えなかった。

こんな状態で協力出来るのかよ。などと思いながら呆れる俺の側に寄ってくる人影がひとつ。

「……あの二人、昔に色々とあってね。仲の悪さでいえば多分オーネストとクラシアの比じゃないと思う」

険悪っぷりを目の前で見せ付けてくれる二人をよそに、ヨルハがこそっと俺の耳元で言葉を囁く。

「それと、理由は多分聞かないでおいた方がいいと思うよ。ものすっっっっごく、下らないから」

自尊心の塊のオーネスト。

見る限り悪戯好きのような性格のロキ。

……恐らく二人の相性は最悪を極めている事だろう。想像するまでもなく、目の前の光景がそれをありありと物語っていた。

とはいえ、オーネストとロキの二人を絡ませていては全く話が進まないので無言で睨み合う二人のうち、その片割れのロキに向けて俺が声を上げる。

「なあ、一ついいか」

「……うん？」

見る見るうちに塞がってゆくロキの身体に刻まれていた斬り傷。

そしてオーネストの事は視界にすら映したくないのか、背を向ける彼の行動を眺めながら。

「上層に続く退路を知ってるのに、なんであんたら上層に逃げないんだ」

「ああ、それか。うん、至極真っ当な疑問だよねえそれは。……なんだけども、困った事にね、64層のフロアボスからは逃げ《ヽ》ら《ヽ》れ《ヽ》な《ヽ》い《ヽ》んだよ」

「……やっぱり、逃げられないフロアボスか」

「そっそ。少なくとも誰か一人が〝ヘイト〟を取り続けておかないと逃げられない。だから僕らはクリスタを地上に送った」

それは、深層のフロアボスに割とよく見受けられる特性の一つ。

誰か一人がフロアボスの〝ヘイト〟を取り続けていなければ、どうにかして敵を撒《ま》いたところでまるで待ち受けていたかのように上層に続く道を遮るように現れやがるパターンであるのだとロキは言う。

成る程。ならば身動きが満足にとれないのも納得であった。

「でも、意外だったなあ。てっきり僕はレヴィエルが来ると思ってたのに」

「ギルドマスターも来てるよ」

「あっれ、そうなの？」

見た感じ、何処にも居ないけど？

と、キョロキョロとロキは辺りを見渡す。

「今回64層には、ボクらと合わせて2パーティー向かってる。だから、もう一つのパーティーにギルドマスターやクリスタさんがいるよ」

オーネストやクラシアと比べれば圧倒的にロキとの関係が良好であるヨルハが淡々と答えていく。

クリスタが持っていた〝核石《コア》〟は一つ。普通に考えれば64層にくるパーティーは一つであると考える事だろう。

「……成る程ねえ。って事は、レヴィエルあたりが〝核石《コア》〟を持ってたってところか」

「うん。そういう事」

「元とはいえ、流石にSランクパーティーのメンバー。良いもん持ってるねえ」

〝核石《コア》〟の受け渡しは可能であるものの、原則、ギルドがその行為を禁止している。

理由は言わずもがな、それを容認してしまえば身の丈以上のダンジョンに挑む事が可能になってしまい、死者がいたずらに増えてしまうから。

その為、もし、64層という深層の〝核石《コア》〟を持っているとすればSランクパーティーに所属していた過去を持つレヴィエルくらい。

瞬時にロキはその結論にたどり着いていた。

そして、

「んじゃ、ま。時間もあり余ってるって訳でもないし、とっとと作戦会議といこっかね」

どしん、と音を立てて勢いよくロキがその場に座り込む。やがて、ほらほらと俺達も座るようにと促してくる。

「……悠長にそんな事する暇があンのかよ」

そんな彼の態度に、オーネストが呆れまじりに一言。パーティーメンバーを見捨てる気か。

まるでそう言っているようでもあって。

しかし、

「うんにゃ？　だから、時間が無いって言ってるんだよ、人の話はちゃんと聞こうねえ？　オーネストくぅん？」

「……相っ変わらず、いちいち癪《しゃく》に障る野郎だな、オイ」

「……二人とも。いい加減にしなよ、いちいち話を止めないで。それだと一向に話が進まない」

「……へいへい。なら勝手にやってろ」

ヨルハが間に入った事で不承不承ながらオーネストは口を閉じる。

そして程なく、「近くにいたら腹が立って仕方がねえ」なんて言葉を残してその場から離れて行く。所作やら言葉一つに突っ掛かるあたり、二人の溝は相当に深いらしい。

「よーし、よしよし。邪魔者が消えてくれた事だし、これで漸く話が進む」

せいせいとした口調だった。

心なし、ロキの声も先程より弾んでいる。

「クリスタのヤツがもう話してるかもしれないけど一応、改めて。64層のフロアボスは〝死霊系《アンデッド》〟。それも、全身漆黒のフルプレート騎士。それなりに対峙した身から言わせて貰うと、もしかすると中身は空かも」

「……骨兵士《スケルトン》じゃなくて、そのフルプレートが本体って事か」

「そうそう。だから多分、物理系の攻撃は時間稼ぎを除いて一切意味を成さないと考えておいた方が良いかもしれないんだよねえ」

――――そこで、キミの出番だ！

と、何故か勢いよくロキから指を差される。

「さっきの攻防を見る限り、キミは典型的な攻撃特化の魔法師タイプ。なら今回は、キミが〝キーマン〟になっちゃうんだよねえ」

見るからに意地悪そうな笑みをロキが浮かべる。傍《はた》からだと何処からどう見ても悪人にしか見えない清々《すがすが》しいまでの笑みであった。

「というわけで、64層のフロアボスにトドメを刺すのは何があろうとキミの役目って事だけは覚えといて。それだけ覚えておいてくれれば、きっと後は何とかなる」

薄い唇が、淡々と言葉を紡いでゆく。

「騙《だま》し欺《あざむ》き偽り謀《たばか》り、外道非道はお手の物。というわけで、盛大に味方から騙していこっか。さぁて、ここからは僕のターンだ。真正面から小汚く、不意を打っていこうかねえ――――」

二十一話　〝クソ野郎〟は謀る

不安を駆り立てる明らかにロクでもない言葉の羅列。それと同時、徐々に垣間見えてくるロキ・シルベリアという男の本質。

つい抱いてしまう根拠のない嫌な予感に、顔をしかめざるを得なかった。

「……で、なんだけれども。それにあたって僕も一つ、キミに質問してもいい？　勿論、答えたくないなら答えなくてもいいよ。それならそれで違う方法を探すだけだから」

その物言いに、少しだけ身構える。

そして、一体何を聞かれるのやらと思いつつも、その先に続くであろう言葉を待ち、

「キミさ、さっきの戦闘で何で得物を使わなかった？」

打って変わって、緊張すら感じられる真摯な表情が俺に向けられた。

「キミ、戦士系でしょ？　ひと通り観察させて貰ったんだけど、間合いの取り方が魔法師のソレじゃなく、前衛戦士のソレだ。ついでに言うと、根っからの魔法師にしては誘いが上手すぎる。この場合、〝ヘイト〟取りが上手いって言うべきかなあ。……一番厄介そうで、だけど一番倒しやすそう。その認識を相手に植え付けるのが上手すぎるよキミ。いくら仲間を信頼してるとはいえ、この深層で躊躇なくアレは出来ない。だったら、それが習慣付いていると考えるべき、でしょ？」

「……よく見てるな、あんた」

「そりゃ、僕はこれでも補助魔法師だし。状況把握も仕事のうちじゃん？」

上手すぎる。

という部分についてはは否定してやりたかったが、この際、置いておく。

幾ら強い力とはいえ、攻撃が来る場所さえ分かっているならば、それは微塵も脅威たり得ない。

だから誘う。

攻撃がこの場所に来るようにとその身を危険に晒《さら》そうとも、あえて誘う。

その考え方が、本来後衛として認識される魔法師らしくないとロキが指摘していた。

「で、回答は？」

「必要無いと判断したから」

「……へえ？」

意外そうに片眉が跳ねる。

「という事は、だ。得物を使いすらしなかった理由は、それが一番合理的であるとキミ自身が判断したからって事かなあ？　怪我でも、トラウマでも、使えない理由があるわけでなく、ただただそれが最善であったから」

「……側にはオーネストがいた。だからあえて剣を出して防ぐ理由はないだろ。俺が防ぐまでもなくアイツが防ぐだろうし。だったら、俺は魔法に徹してた方がいい。ただそれだけだよ」

「成る程。成る程。流石というべきか、パーティーでの戦い方をよく分かってる。でも、それじゃあ駄目だねえ。合理的過ぎて、騙しにこれっぽっちも向いてない」

ダメ出しが入る。

ノンノン、と首を左右に振られ、ロキは続け様、右の人差し指と左の人差し指を使ってバッテンを作ってみせた。

……人知れず、俺の中の苛々《いらいら》ゲージが上昇した。

そんな折、

「────待って、ロキ。もしかしなくても、アレクに前衛させようとしてる？」

「お。流石はヨルハちゃん。察しがいいねえ」

「……やっぱり。でも、それは認められないよ。技量云々の前に、武器がない」

突如としてヨルハが会話に割り込んだ。

ただ、彼女の発言が満足いくものであったのか。ロキはそれに破顔で応える。

しかし、対してヨルハの表情は正反対と言い表すべき決定的な拒絶の色が浮かび上がっていた。

基本的にダンジョンの深層攻略では、〝古代遺物《アーティファクト》〟を所持している事が前提となっている。

その理由は、ダンジョンにて手に入る〝古代遺物《アーティファクト》〟でなければ、深層のフロアボスとの戦闘で間違いなく壊れてしまうから。

魔法学院にいた頃は例外的に一部の教師やらOBやらから一時的に〝古代遺物《アーティファクト》〟を借り受けていたが、あの時と今は違う。

人手による生産武器の得物が特別脆《もろ》いという事はないのだけれど、それでも深層のフロアボスと戦うのであれば間違いなく〝古代遺物《アーティファクト》〟の所持は必須。そしてそれは、魔法で生み出す得物も例外ではなかった。

だから、ヨルハは拒む。

けれど、

「じゃあもし、僕がその武器を持っていたとすれば？」

その限りじゃないのかなあ？

と、ロキが意地の悪い笑みを浮かべた。

「……持ってるならね」

仮定の話をして何になるのと呆れるヨルハに対して、ロキはといえば浮かべた笑みを崩さず見詰め返すだけ。

その態度に、ある可能性が脳裏を過《よぎ》ったのか、一転してヨルハはハッ、と息をのむ。

「……まさか、持ってるの？　ロキが、近接武器の〝古代遺物《アーティファクト》〟を？」

「それがびっくり、持ってるんだなあこれが」

ロクに武器を扱えない人が何で持ってるの……？　と、本気で驚くヨルハや、無言で聞きに徹していたクラシアの瞠目《どうもく》を前に、

「いやあ、偶々これ、誰も使わないって事で余っててさあ。だったら、僕が虚仮威《こけおど》しにでも使うかって言ったらみんなが譲ってくれてねえ」

ほら、僕ってば騙す事が役目だったりもするし？　などと口にしながら左の腕をこれ見よがしに突き出し、手首に嵌められていた銀のブレスレットを見せびらかす。

「で。キミ、剣は使える？」

ロキの視線がヨルハから俺に戻る。

「……それなりに」

「って言ってるけど実のところは？」

そして、再度その視線はヨルハに向く。

……だったら初めからヨルハに聞け。

と、言ってやりたくもあったけれど、曖昧な返事をしたのは俺だったので、小さくため息を吐き出すだけにとどめた。

「ボクも今のアレクの技量はよく知らないけど、〝闘技場〟でのやり取りを見た限り、剣だけでもギルドマスターと普通に戦える程度には強いと思うよ」

「それは重畳《ちょうじょう》。だったら、申し分ないねえ」

そう言って、ロキは身に着けていた銀のブレスレットを外し、「はい」と言って差し出してくる。

「一応これ、剣の〝古代遺物《アーティファクト》〟。銘は〝天地斬り裂く《シュヴァルト》〟。権能は名前の通り、斬れ味が良いってのと、魔法との相性がアホほど良いって事くらい。でもまあ、これがあれば十分でしょ」

剣を扱う身からすれば、斬れ味が良いというだけでもう剣としては十分過ぎる。

「……で、俺に剣を使えって？」

「そっそ。これで漸く本題に入れる訳なんだけれども、もう一体のフロアボスと戦うにあたって、キミには取り敢えず、魔法は一切使用しないで欲しいんだよねえ」

「……本気？」

そのとち狂った発言にはこれまで一言も口出ししていなかったクラシアも、堪らずそう聞き返していた。

「相手は〝死霊系《アンデッド》〟。なのに、魔法を使うなって馬鹿なの？」

そして、刺々《とげとげ》しい言葉が続く。

しかし、それが正論であった。

だから俺も、ヨルハも言葉にこそしなかったが、クラシアのその発言に同意していた。

「まぁまぁ。話は最後まで聞こうよ。何も僕は、最初から最後まで使うな。とは言ってないじゃん？　それに、さっきトドメを刺せとも言ってるんだし。ただ、僕が合図するまで魔法を一切使わずに剣だけで戦って欲しい。そう言いたいだけなんだから」

……要するに、剣を強く印象付けさせ、俺を剣士として誤認させたいと。

ロキはそう言いたいのだろう。

でも、本能で行動し、知性らしい知性が存在していない魔物にそんな事をしても意味はないのでは。そう思った矢先、

「言ったでしょ？　小汚く、不意を打つって。ま、さっきの魔物みたいなヤツなら軽くおちょくれば良いだけの話なんだけど、フルプレートの方が色々と厄介でねえ」

そのせいでこうして助けを求める羽目になったんだよね。と付け足される言葉。

「兎に角、馬鹿正直に挑むのは論外なんだよ。だけど、まあ、ここから先は実際に見て貰った方が

早いだろうねえ」

言っても多分、納得してくれないだろうし。と、此方をまるで信用していないともとれる物言いに、ヨルハが口をむっ、と曲げる。

「……それは、聞き捨てならないね」

「じゃあ聞くけど、明らかに洗練された剣技を扱う知性の備わったフロアボスがいるんだよねえ。って僕が言って、キミら信じてくれるの？」

しかし、ロキの口から言い放たれたその言葉は、これまでのフロアボスに対する常識を粉々にぶち壊す内容の発言であった。

二十二話　苦労人のヨルハ

「────洗練された剣技に、知性の備わったフロアボス、か」

通常、フロアボスと各階層に存在する魔物の違いは純粋な生物としての格の差。

要するに、力量の差のみである。

だから、それを除いてしまえば決定的な差異といえる差異はなく、偶に知性らしいものが僅《わず》かに備わった魔物もいる事にはいるが、間違っても先程のロキのように断じる程のものではなかった。

……そこに加えて、洗練された剣技である。

「確かに、こればっかりは実際に見てみない事には信じられないな」

常識を根底に据えて、答えを導き出すならば、「それはあり得ない」というのが正しい答え。

でも、ここは迷宮都市フィーゼル。

それも、64という深層。

だから、これまでの常識がガラガラと音を立てて崩れていく事があったとしても何ら不思議な事ではない。寧ろ、それが当然という節すらある。

……ただ、そもそもの話、

「なぁ、ヨルハ。正直なところ、あいつの事は何処まで信頼出来る？」

俺達にその事実を告げた後、今度はクラシアに用があるのか、彼女を呼んで二人だけで何やら企みめいた話し合いを始めていた。

クラシアは露骨に嫌な顔をしていたにもかかわらず、敢行するあたり、ロキは相当に面の皮が厚いらしい。

そして彼が側にいない事をいい事に、俺はそうヨルハに問い掛けていた。

やがて、

「性格的に『信頼』は出来ないけど、でも『信用』は出来る。そんなところかな」

「『信用』？」

「うん。ロキ、一応、２年前に【アルカナダンジョン】の司令塔やってたから。その時、誰《だれ》一人として死なせなかったんだ。だから、少なくとも『信用』は出来ると思うよ」

【アルカナダンジョン】

それは、１年に１度、世界の何処かに出現する１層しか存在しない特殊ダンジョン。その難易度はもし存在するならば、迷宮都市フィーゼルダンジョンの80層にあたるなどと噂《うわさ》される程の高難度ダンジョンであった。

その為、複数パーティーによる〝合同討伐《レイド》〟——————つまりは、大規模ダンジョン攻略が推奨されている特殊ダンジョンの一つ。

それ故に勿論、俺も知識として【アルカナダンジョン】の存在は知っている。

そして、その攻略に参加する連中の殆どが一癖も二癖もあるＳランクパーティーであり、〝合同討伐《レイド》〟とは名ばかりで、統率なんてものはあったもんじゃない攻略である事も。

にもかかわらず、死者を一人も出さなかった。

だから、『信用』は出来るとヨルハが口にしたのだろう。

「それに、ロキのパーティーのリーダーさんは有名な人格者だしね」

きっとだから、ギルドマスターがすぐさま救出の為のパーティー編成をしたんだろうし。

と、言葉が続く。

ロキは信頼出来ずとも、そのリーダーは信用も信頼も置ける。だから、信ずる事も出来なくはないと。

「Sランクパーティー〝緋色の花《リクロマ》〟。アレクも名前くらいは聞いた事あるんじゃないかな」

口にされたその言葉には、少しだけ覚えがあった。特に、そのパーティーが結成されたキッカケの話はかなり有名であったから。

……確か、何処かのダンジョンに自生する〝緋色の花〟を取ってきて欲しいという依頼の為に組んだ事がキッカケ、という話だった筈。

そして意外にもメンバー同士の相性がよく、その場の流れでそのままパーティーを組む事になり——ついたパーティー名は組むキッカケとなった〝緋色の花〟をそのまま。

そして、メンバー4人の頭文字を取って、〝緋色の花《リクロマ》〟。

残念ながら、俺に〝緋色の花《リクロマ》〟のリーダーとの面識はないけれど、パーティー名だけでもその者が人情に溢れている。

という事は、何となく分かる。

「……ま、死んでこいと言われたわけでなし、ヨルハがそう言うなら俺は指示に従うだけなんだけどさ」

とはいえ、宮廷魔法師としてダンジョンに潜っていたこれまでと比べれば、この状況は万倍マシである。

一番の敵は無能な味方。

とはよく言ったもので、それを身をもって味わっていたからこそ、この現状は随分と恵まれていると思う自分がいた。

「なあ、オーネスト」

「あン？」

離れた場所にて、腕を組んで立ち尽くしていたオーネストに声を掛ける。

目を瞑《つぶ》っていたから寝ているのかとも思ったけれど、どうやら起きていたらしい。

「成り行きで俺、剣で戦う事になった。だから――――久し振りに〝アレ〟やるか」

「くはっ」

あえて明確な言葉にしなかったというのに、オーネストはアレが指す意味を一瞬で理解したのか。堪らず吹き出し、仏頂面から一転して破顔する。

「おいオイ、無理すんなよアレク。ブランクあんだろ？　先に言っとくが、やるとなったら勿論、ハンデはやらねえぜ？」

「そもそも期待してねーよ」

組んでいた腕を解き、ゆっくりと歩み寄りながらもくくくっ、と笑いを堪《こら》えるオーネストを見据え、ぶっきらぼうに言葉を返す。

「……4年経ってもまだやるんだ」

これ以上ない呆れの感情が込められたヨルハの言葉。しかし、込められた感情とは裏腹にその言葉はどこまでも弱々しい。

否、諦念してしまっている。といった方が正しいか。

「聞き捨てならねえなあ、ヨルハぁ。ここはダンジョンだぜ?」

だから何。

と、まるで鋭利な刃を思わせる冷たく澄んだヨルハの眼差しがオーネストを射貫《いぬ》くもどこ吹く風。

「どうせなら、愉しまなきゃ損だろ」

そして抜け抜けとそう言い放つ。

キッカケは俺がつくり出してしまったとはいえ、いっそもう清々しい。

俺がオーネストなら、多分ちょっとくらい躊躇してしまっていただろうから。

やがて、ヨルハの視線は俺に向く。

「張り合いが出るんだよ。そっちの方が」

言い訳を一つ。

オーネストはどうせなら己が持てる力を全て出し尽くした上で、精一杯愉しみたい。

俺は張り合いが出て、そうした方が上手くいく事が多いから。という理由で近接武器を扱う時に限り、俺とオーネストとの間で度々、〝勝負〟を行《おこ》なっていた。

言い換えると、それは〝賭け事〟ともいう。

「流石はアレク。ダンジョンの楽しみ方をよぉく分かってる！」

ルールは単純明快。

先にぶっ倒れた方が負け。

たったそれだけの耐久が問われる脳筋ルール。

そして敗者には勝者からの罰ゲームが待ち受けているという素敵仕様。

過去、オーネストが敗北した時に罰ゲームをクラシアに決めて貰う。などという秘策を繰り出した際、とんでもない事態に陥った事もある程にハイリスクハイリターンなこの勝負。

あの時聞こえてきたオーネストの断末魔の叫びといったら実にひどいものであった。

しかし、もう一度アレが見てみたいと思う俺が心の何処かにいるのもまた事実。

何より、勝負を吹っかけたからには何としてでも勝たなくてはならない。

「覚悟しとけよオーネスト」

「くくっ、まあさっきはああ言ったが、特別にアレクはブランクがあるって事で、今なら出血大サービスでオレさまの不戦勝で見逃してやってもいいんだぜ？」

「……へえ。って、それ俺が損するだけだろうが⁉」

「チッ、気付きやがったか」

てっきり、ブランクを考えて俺の不戦勝に。

なんて話かと思ったらただオーネストに勝ちを譲るだけの内容で、慌てて声を荒らげる。

「…………はあ」

肩を竦め、半眼で此方を見詰め続けるヨルハのため息は、待ちわびていたものに漸く巡り合えたと言わんばかりに喜悦に満ちた笑い声を漏らし続けるオーネストによってすっかり上塗りされてしまっていた。

二十三話　レグルスという王太子

＊　＊　＊　＊

時は遡り、アレクがダンジョンに足を踏み入れた頃。

ガルダナ王国王城にて、一際大きな声が割れんばかりに響き渡っていた。

「単なる思い違い、だ？　……では、なんだ。この現状は僕のせいだとでも言いたいのか、貴様ああぁぁぁあああああッ!!」

身体を震わせながら轟く叫び声。

それは、爆雷のような怒号であった。

激情に支配されたその声には、明確な憤怒の色がありありと滲み出ており、その場にいた人間は揃いも揃って気分をこれ以上害すまいと口を真一文字に引き結んでいた。

やがて、まるでミイラを想起させる程に包帯でぐるぐるに身体中を巻かれていた声の主は、ふらふらと何処か覚束《おぼつか》ない足取りにもかかわらず、目の前で佇む男の下へと歩み寄り――――そして、手を伸ばして乱暴に胸ぐらを掴んだ。

「……そんなわけがあるものか。僕は、あの男に謀られたんだ。あいつのせいで、こうなったんだ」

ミイラ男――ガルダナ王国王太子であるレグルスは、はち切れんばかりに限界まで膨れ上がった血管をこめかみに浮かばせながら詰め寄る。

胸ぐらを掴まれた男は、ガルダナ王国では名の知れた〝呪術師〟であった。

「……私は、事実を申し上げたまで。殿下に、呪術の類は一切掛けられておりません。それも、掛けられた形跡すら、何処にも見当たりませんでした」

彼はレグルスから「……あの『役立たず』の魔法師に腹いせで呪術を掛けられた疑いがある。だから、登城し、僕に掛けられた呪術を解いてくれ」と言われ、やって来た者であった。

しかし、その形跡は何処にも見当たらず、少なくとも呪術は一切関係がない。単なる思い違いであると指摘したところに、あの怒声である。

レグルスは己に非も足りないものも何一つとしてない。そう信じて疑っていないからこそ、投げ掛けられたその言葉を許容出来なかったのだ。

お前の言葉を信ずるならば、それではまるで、単に僕の力量が足りなかったようではないかと。

……それは、あり得ない。

そんな事があって堪るものか。

積み重なる感情はそのまま怒りに変換され、これ以上なくレグルスの顔を歪《ゆが》ませた。

「ですが、殿下がそう思われるのも無理はありません」

「……どういう事だ」

男のその発言に、レグルスが考え込むように眉を寄せる。

自分に非がない。と受け取れる類の言葉には即座に耳聡く反応するあたり、彼のプライドの高さが窺《うかが》えた。

「王都ダンジョンの30層といえば、〝魔殺し〟の30層ですから」

フロア全体に〝魔法〟の一切を打ち消す効果を持った結界が張り巡らされた階層。

故に付けられた名は、〝魔殺し〟の30層。

だからこそ、補助魔法といった身体能力を向上させる魔法も含めて軒並み使用が不可となる為、補助魔法等に頼り切りである場合、まるで自分が弱くなったかのような錯覚に陥りやすい。

なので、呪術を掛けられた、と勘違いをしたのではないのか。

第三者からすれば、それはこれ以上なくもっともな発言であった。何より道理にかなっている。

しかし。

ことこの場。

レグルスに対してのみ、その発言は彼の頭の中を埋め尽くす激昂《げきこう》に、燃料を注《つ》ぎ足《た》す行為でしかなかった。故に、未だ胸ぐらを摑んでいた右腕がわなわなと震えだす。

補助魔法を肯定する言葉は悪手でしか無かった。

「……ですが、妙ですね」

怒りに身を任せ、手が出なかったのは最早奇跡と言って良かった。

男のその発言という名の制止があと数瞬遅れていたならば間違いなくレグルスは目の前の男を殴りつけていた事だろう。

「……何が、だ」

「30層が〝魔殺し〟である事をどうやら殿下はご存知でなかった様子。お聞きになっていなかったのですか。あの、アレク・ユグレットから」

この惨状を考えるに、事前に情報を持っていなかったのではと、男はそう指摘していた。

宮廷魔法師アレク・ユグレットを追い出した翌日。レグルスは新たなメンバー、ヴォガンを加えて30層のダンジョン攻略に挑んだものの、その結果が、この凄惨な現状であった。

得たものは深い深い傷だけ。

怪我を負い、フロアボスにたどり着く前に逃げ出さざるを得なかったという恥辱としか言い表しようのない結果だけが残った。

故の、この荒れよう。

不幸中の幸いは、30層のフロアボスに挑む前に、パーティーの圧倒的な戦力不足を重傷を負いながらも確認出来た為、地上に戻れた事くらいだろう。

「……どうしてそこで、あの『役立たず』の名が出てくる」

レグルスは本気で不思議がっていた。

何故、アレクの名を持ち出す必要があるのかと。レグルスのアレクに対する評価は最底辺。

だから、30層に向かわないのも、ただただ臆病風に吹かれていただけの小心者としか捉えていなかった。

「……アレク・ユグレットは、68層を踏破したパーティー、そのメンバーの一人でしょうに」

ご存知ないのですかと。

レグルスを前に、男は目を疑っている様子であった。

しかし、

「く、くくっ……、くは、ふはは、ははははははははは!!!!」

信じられないと言わんばかりの男の態度に対し、返されたのはこれでもかという哄笑。

侮蔑、嘲り、蔑視、見下し。

それは、負の感情がふんだんに詰め込まれた高らかな笑いであった。

「お前はそんなホラ話を信じているのか」

「……ホラ話、ですか」

随分とめでたい頭をしているらしい。

そう言わんばかりの発言に、男は目を細めた。

「あれをホラ話と言わずに他に何と言い表せと？　そもそも、土台無理な話だろう。Sランクの人間ならばまだしも、魔法学院の人間の寄せ集めパーティーで68層を攻略するなぞ。そもそも、僕からしてみれば30すら怪しくて仕方が無いがな」

嘲るように鼻を鳴らすレグルスのその発言こそが常識であった。

世間一般の平坦《へいたん》な常識という枠組みの中で物事を考えるのであれば、彼の言い分こそがどこまでも正しい。

……しかし、それではあまりに物事を測る物差しの長さが短過ぎる。

そしてそれが原因で招いた結果がコレであるのだと、傷を負ったにもかかわらず、レグルスはまだ分からない。

否、ハナからその可能性を度外視してしまっている節すらある。

ならば、「理解」は土台無理な話であった。

「平民は、総じて狡《こす》っからい生き物だ」

だから平気でこうして騙そうとする。偽ろうとする。陥れようとする。そして何より、己の立場というものをまるで分かっていない。

続けられた言葉。

その全てに、侮蔑の感情が込められていた。

浮かべられていた嘲笑は、どこまでも冷たいものであった。

「だから恐らく、呪術でないならば、なら別の方法でアレク・ユグレットは僕を陥れようとしたのだろうさ。なにせ僕が間違っている筈は万が一にもないのだから」

なぁ？

と、背後に控えていた者達に同調を求め、即座に首肯が返ってきた事実に気をよくし、ク、と頬を歪めた。

これこそが、選民思想が強く根付いたガルダナ王国、宮廷の現状。それ故に自他共に認める自尊心に満ち満ちた男——オーネスト・レインは吐き捨てていたのだ。

『オレなんて1日でおかしくなるわ』と。

「何より、そうでなければ、説明が付かない」

平民が悪いと結論付ければ全てが丸くおさまる。

国の方針としては貴族も平民も同列に。

などという考えを表向きは掲げているものの、ガルダナ王国の貴族は軒並みこの考えを抱いている。そして、己らにどこまでも都合の良いその考えを否定する者も存在するワケがなくて。

そして、結論が出る。

「……どう落とし前を付けさせてやろうか」

己がこのように怪我を負った理由は、アレク・ユグレットのせいであるのだと。

この時既に、レグルスの頭にはアレクが謀らなければ30層は問題なく踏破出来ていた。

という全く根拠のない未来図が描かれていた。

アレクがどうして頑《かたく》なに〝魔殺し〟と呼ばれる30層に向かう事を拒み続けていたのか。

その理由こそが、魔法の効果を掻き消される30層攻略を進めるために、〝補助魔法〟の助けなく、30層を攻略出来るようになるまでじっくりと時間を掛ける事でレグルスの成長をと、彼が考えていたからなどとは夢にも思っていない事だろう。

もし仮に、それを話してしまえば自信家のレグルスならば、「問題ない」と言ってより一層無謀をおかそうとするであろう事はアレクの目にも一目瞭然であったから〝魔殺し〟について話していなかった、などとは。

そんな、折。

硬質な音が部屋の外から聞こえてきた。

コン、コンと響くノックの音であった。

そしてその音を立てた人間は、不躾《ぶしつけ》にも返事を待たずにドアノブを回し、扉を押し開ける。

「……大変申し訳ありません。殿下。急ぎ、国王陛下からアレク・ユグレットの件について殿下をお呼びしろとの御達《おたっ》しでして」

言付かってまいりました。

と、口にする使用人らしき男の言葉に、レグルスは喜色満面に応えてみせる。

「ふは、やはり父上も僕と同じ考えのようだ」

まるで狙ったかのようなタイミングを前にして、早計に過ぎる結論を出す。

父上も、アレクに対する因果応報な罰を与える為に己を呼んだのだと。

この呼び出しは、その為のものであると彼は信じて疑っていなかった。

二十四話　エルダス・ミヘイラという男

「そのような身体であるにもかかわらず、呼び出してすまなんだ。で、唐突ではあるがお主、エルダス・ミヘイラという男を知っておるか」

顎髭《あごひげ》を拵えた白髪頭の男は不意に、そんな言葉を発していた。

顔に刻まれた皺の数も多く、それなりの歳《とし》を重ねている事は誰の目から見ても明らか。

なれど、年老いた相貌からは未だ、侵しがたい威光がはっきりと感じられた。

名を、ガルダナ王国が国王陛下フェルクス・ガルダナ。

そんな彼は、レグルスの姿を視認するや否や、唐突に呼び出した理由とは全く無関係の問いを投げ掛けていた。

「……？　エルダス、ミヘイラ……ですか」

アレク・ユグレットの事で話がある。

そう言われてやって来たというのに、身に覚えのない人物の名を口にされ、レグルスは困惑してしまう。

しかし、過去の記憶を幾ら探ろうとも、先ほど口にされた名前に心当たりはなく。

「その者がどうしたというのです」

「そやつはな、確か十数年前であったか。余が国から追放した宮廷魔法師でな」

そう言って、フェルクスは笑う。

自嘲のような独特の笑いに、より一層レグルスは困惑を隠せないでいた。

どうして、そんな表情を浮かべるのだろうかと。

「まぁなに、そう気にする程のものでもない。ただ、そやつが〝ど〟がつく程の大バカなだけよ」

浮かべるフェルクスの表情は、嘲る類のものでなく、昔の出来事を懐かしむような。

どこまでも穏やかで、楽しそうな笑みであった。

「大バカですか」

「うむ。国王たる余に、この宮廷の現状を変えていかなければならない。でなければ、ガルダナは近い未来に、取り返しのつかない事態に陥る。そんな世迷言《よまいごと》としか思えぬ進言をたびたび行なっていた阿呆《あほう》な貴族であった」

「それは、また……とんでもない輩《やから》がいたものですね」

物の道理すら満足に理解出来ていないであろう平民ならまだしも、貴族がそんな愚行をおかすなど、到底許されるものではない。

だからこそ、先ほど聞こえて来た「追放」という措置は至極当然であるとレグルスは思った。

それほどの不敬にもかかわらず、命を取らずに済ますとは、なんて慈悲深い対応なのだとフェルクスを称えてすらいた。

「そして、この話には何と続きがあってな。家名を取り上げられ貴族としての地位を失ったあやつは、あろう事か、〝魔法学院〟の門戸を叩きおった。そしてなんと、当時は名ばかりでしかなかった仕組みを利用し、周囲を実力で黙らせた上で今度は貴族としてでなく、宮廷魔法師として独力で宮廷に戻りおったのだ。く、ふふは、ははは‼　お主も思うであろう⁉　〝ど〟がつく程の大バカであると‼」

腹を揺すって哄笑する。

面白くて仕方がないと言わんばかりに、その笑い声は数秒にわたって響いていた。

「……そして1年もの間、ガルダナが平民と貴族との平等を謳っている事を盾にして宮廷魔法師として宮廷に居座った大バカ。それがエルダス・ミヘイラという男よ」

そして、結果的に2度も宮廷から追い出された前代未聞としか言い表しようのない男であり、結局、その訴えが受け入れられる事はついぞなかった。

……ただ。

「だが、最近になってどうしてか、ずいぶん昔のあやつの言葉をよく思い出すようになった」

打って変わって神妙な面持ちで、フェルクスは語る。

「なあ、レグルス。どうして、余がお主にダンジョン攻略などという行為をさせていると思う？」

試すような問い掛けであった。

事前に聞いていたアレク・ユグレットとは全く関係ない話題が続き、未だ戸惑うレグルスであったが、父である国王陛下に逆らうわけにもいかず、投げ掛けられた問いに応じようとする。

しかし、返事をするより先にフェルクスが言葉を続けた。

「────その理由はな、現状を変えようと思ったから。ただ、それだけよ」

「は、い？」

「だからこそ余は、ずっと昔に向けられていた世迷言に、耳を一度だけ貸す事にしたのだ」

――――あなた方は、あまりに物事の視野が狭過ぎる。

それは、間違っても王に向けるべきでない発言。

なれど、その言葉は十数年という時を経て尚、忘れられなかった。それどころか、歳を重ねるにつれ、当時のエルダスのその言葉に同調する己さえも生まれてしまっていた。

だから、己の息子であるレグルスを、フェルクスはダンジョンに送り出した。

世界に二人だけの〝反転魔法〟の使い手。

ある界隈《かいわい》では、かつて神童とも謳われていた元公爵令息〝エルダス・ミヘイラ〟の再来と呼ばれていたアレク・ユグレットと共にダンジョンを攻略させる事で、かつてエルダスより己に向けられた言葉が真《まこと》に正しかったのか。

どうであったのか。

それを、知る為にフェルクスは送り出していたのだ。ここ数年、己を苛《さいな》み、今も尚、心に巣くう疑念を晴らす為に。

「……なるほど。流石は国王陛下です。その慈悲の深さに感服いたしました」

下々の意見を不要と切り捨てるのではなく、拾い上げ、耳を傾ける。

ああ、何という慈悲の深さであろうか。

ただ、しかし、とレグルスは思う。

「ですが」

ニィ、と口元を歪ませる。

その言葉に、どれ程の価値があるのかを知らないレグルスだからこそ、嗤《わら》って切り捨てる。

「現状を変える必要がどこにありましょうか」

「というと？」

「そもそも、陛下は何を変えるおつもりなのでしょう」

現状を変える。

とはいえ、その言葉だけではあまりに範囲が広過ぎる。故にレグルスは問うた。

「手始めに、宮廷を」

「……宮廷を、ですか」

その一言に、レグルスの表情が曇りを見せる。

何より一切の躊躇《ためら》いなく、そう言い放ってしまえるフェルクスの考えがレグルスには理解が出来なかった。

絶句するレグルスをよそに、フェルクスは言葉を続ける。

「昔の余にも言えた事ではあるのだがな、次の国王としてお主はもう少し、無能か有能か。それを見極める目を鍛えるべきであろうな」

思考が煩雑に混ざり合い、思うように言葉が口を衝いて出てこないレグルスであったが、それでもフェルクスのその言葉が己に対して好意的なものでない事は判然としていた。

「余も、現状が悪いとは言わん。ガルダナも確かな成長を続けておる。しかし、他国と比べた時、その成長の速度は明らかに劣っておる」

そしてその理由も明らか。

――――あなた方の血の歴史にケチをつける気は毛頭ありません。ですが、他にも目を向けて行くべきではありませんでしょうか。特に、あなた方のいう平民《下賤な連中》にも。私は断言致しましょう。彼らの積極的な協力なくして、これから先の繁栄はあり得ない――――。

ですからどうか、ガルダナの為に、私の進言をお聞き入れ下さい。

そんな懇願を愚直に続けていた一人の宮廷魔法師の言葉が、フェルクスの思考に幾度となく割り込んでくる。

まるでそれが、揺るぎない正解であると指摘するように。

「だから余は、現状を変えるべきであると思うた。故に、これからは名ばかりではなく、才ある平民を、ガルダナの更なる繁栄の為に登用するつもりである」

勿論、周囲からの反対は避けられんだろうがなと微かにフェルクスは苦笑いを浮かべた。

「……し、正気ですか、陛下」

信じられないと言わんばかりにレグルスは目を見張る。

「あのような下賤《げせん》な者どもの手を借りにいったとあれば、末代までの恥ですッ!!　貴族には貴族の、平民には平民の役割があるとお教え下さったのは他でもない父上ではありませんか……ッ!!　そもそもっ、僕がこのような身体になったのも、狡っからい平民の悪意によるものです!!　にもかかわらず、そのようなロクでもない者どもを内に入れては……、陛下。どうか、どうかお考え直し下さい……」

激情に駆られながら、まくし立てる。

それは必死の懇願であった。

しかし。

「お主にそう教えたのは他でもない余である。そして、一度に限りあの大バカの言葉に耳を貸すと決めたのも、また、余なのだ」

だから、レグルスのその発言を声を上げて否定するつもりも、権利も己にはないと言う。

ただ、この発言も覆す事は出来ないとフェルクスは口にしていた。

「あのアレク・ユグレットを宮廷魔法師として受け入れた時、余がお主とパーティーを組ませてダンジョンの攻略に向かわせたあの瞬間から、それは決めておった。そして、決して死なせるなという命を見事にこなしてみせていたアレク《あやつ》の姿を目にし、あの大バカの言葉が正しかったのだと、分からされた」

──あなた方が考えている程、平民《彼ら》はつまらない者達ではない……ッ。それを私は、この身でもって知った！　何より《よ》、救って貰った!!　だからッ……!!

フェルクスの脳裏に過ぎるその言葉は、宮廷魔法師としてのエルダスの最後の言葉であった。

遠巻きに見つめる貴族達から笑われながらも、必死の形相で彼はそんな事を訴え続けていた。

「……余の自己満足の為に利用するような真似をしてすまなんだ。故に余の頭で良ければ幾らでも下げよう。罵りたいというのであれば、それもまた、受け入れよう。……ただ、これからのガルダナの為にも、これは必要不可欠であったのだ」

だから、分かってくれと。

「それと、アレク《あやつ》を恨むか恨まないかはこれを見てから決めてやって欲しい」

その為にレグルスを呼んだのだと。

そう言葉を続けるフェルクスが差し出したのは、紙の山であった。

「これまでアレク《あやつ》から余に届けられていた紙と、それとアレク《あやつ》に与えていた部屋に残っていた紙。その全てよ」

紙。

その物言いに、怪訝《けげん》に眉根を寄せるレグルスであったが、覗き込むように差し出されたソレを確認すると、それがただの紙でない事に気がつく。

びっしりと文字で埋め尽くされたそれは、30層を攻略する為のメモ用紙だった。

しかし、レグルスはアレクからそのような事は一切聞かされていない上、相談すらまともにされた覚えがない。

……それはただ、レグルスが一方的に聞くに値しないと切り捨てていた故であるのだが、彼がそれに気づく様子はなかった。

そして数十秒ほど無言で眺めたのち、

「……結構です」

そう、一言。

程なくレグルスはフェルクスに背を向けた。

ぐるぐるとレグルスの頭の中で複雑に巡る思考。「どうなっている」「どういう事だ」という言葉がひっきりなしに去来する。

やがて、あのメモの一部を見ただけでたどり着く一つの結論。

レグルスにとって死んでも認めたくない内容であったが、アレク・ユグレットは恐らく単なる「役立たず」ではなかったという事実。

そして、それらを打ち明ける程の価値が己にはなかった。よもや、腹の中で見下されていたのではないのか。そういった自己解釈が次々と生まれ、怒りを加速させてゆく。

「…………っ」

奥歯を強烈に食い縛りつつ、外へ続く道へと無言でただひたすら足を進める。

その間にも際限なく膨れ上がる怒りの感情。

何より、己と同じ考えと思っていた父が斯様《かよう》な腹積もりであったという事実が許せなかった。

己は選ばれた人間。

歴史ある高貴な血が流れるこの身体。

にもかかわらず、一方的に相手がこうべを垂れるならまだしも、下賤な平民と手を取り合う？

「……ふざけるな」

アレク・ユグレットに非がない？

あいつは何も悪くなかった？

「……ふざけるな」

一言、一言発するたび、ガラガラと音を立てて猛烈な勢いでナニカが崩れていく。

次々と割り込んでくる感情がレグルスの中のナニカを壊していく。

そして地を這うような物々しい憤怒に塗れた声音が一度、二度と続く。

やがて混濁を瞳に浮かべながら部屋を後にしたレグルスは十数歩と歩き、立ち止まった。

彼の目の前には設《しつら》えられていた花瓶が一つ。

レグルスはそれを無言で攫み取り、そしてそれを溜《た》まりに溜まった怒りを晴らさんとばかりに床目掛けて乱暴に投げつけた。

「ふざ、けるなあああぁぁァアアアア!!!!」

二十五話　王太子と〝呪術師〟と

「……あの『役立たず』の行方を捜してこい」

ポツリと。

それは幽鬼の如く消え入りそうで、か細く、そして頼りのない呟き。

身体に巻かれていた包帯を無理矢理に剝ぎ取りでもしたのか。乱暴に解かれた一部からは思わず目を逸らしてしまいたくなる程に痛々しい傷跡が見え隠れしていた。

「……どう、いう事でしょうか」

部屋に戻ってくるや否や言い放たれた言葉。

国王から呼ばれ、向かって行った時からは考えられないレグルスの不機嫌具合に戸惑いながらも、彼の部屋で待機をしていた従者の一人は聞き返す。

「……僕に、二度も言わせるな」

それは魔物の唸《うな》りに似た低い声であった。

渦巻く憤怒が舌に乗せられ、赫怒《かくど》の形相が見え隠れする。国王と何を話してきたのか。

従者の男には皆目見当もつかなかったが、それでもレグルスの機嫌がとんでもなく悪い事だけは明らかであった。

「し、失礼いたしました！」

その一言を告げ、首の後ろまで見える程に深く深く頭を下げたのち、従者の男は慌ただしく部屋を後にした。

そして、巻き添えを食らうまいと、側にいた残りの者達も続くように部屋を後にしてゆく。

やがて部屋に残ったのはレグルスと、

「……まだいたのか。〝呪術師〟」

〝呪術師〟の男の二人がポツリと立ち尽くす事になっていた。

「『帰れ』とは言われておりませんので。登城しろと命を受けたにもかかわらず、勝手に城を後にするわけにはいかないでしょう」

正論であった。

これ以上ない返答。

だが、国王陛下とのあの話を経た今となっては最早、〝呪術師《彼》〟の存在価値はレグルスの中では全くと言っていいほどになかった。

けれども。

「……。お前は、エルダス・ミヘイラという男を知っているか」

それは本当に、気の迷いであり、気まぐれであり、気紛らわし。

〝呪術師〟としての彼に用がなかったにせよ、レグルスは己の考えを整理する上で、偶々都合が良かったからという理由で彼を聞き手として利用する事にした。

〝呪術師〟の男の年齢は40代半ばに差し掛かった中年といったところ。

であれば、十数年前に宮廷から追い出されたエルダスという男について何かしら知っているのではないのか、そう思っての質問だった。

「……知っていますよ。あの大バカの事は、当時を知る人間であれば誰もが知っていると口にする事でしょう。それ程までに話題に事欠かない男でしたから」

どうしてレグルスがそんな質問をするのか。

脈絡のないその質問に、頭を悩ませていたのだろう。

それ故、不自然な間を挟んだのちに〝呪術師〟の男はそう答えていた。

次いで、

「陛下からお話しでもされましたか。エルダスの事を」

〝呪術師〟の男は一切の躊躇いなく、目の前に見えていたであろう地雷を踏みにいった。

程なく、彼の胸元目掛けて再び、手が伸びてくる。そしてガシリ、と。

つい数十分前と全く同じ胸ぐらを摑み、摑まれるという状況が出来上がった。

「お前も、貴族であったな。〝呪術師〟。ならば、どう思う。エルダス・ミヘイラという男の言い分が真に正しいか、正しくないか。この場で言ってみろ」

位は低いものの、城に呼ばれた〝呪術師〟の男も貴族の端くれであった。

故に、レグルスはこの上ない圧を込めて問い掛ける。エルダスという男の戯言《たわごと》について、どう思うのか、と。

「決まっております。あいつの発言は紛れもなく、救いようのない阿呆のものであると。私は、そう思っておりました」

「……思って、いた？」

含みのあるその言葉に、思わずレグルスの眉根が寄った。しかし、不快感を隠そうともしない物言いを受けて尚、〝呪術師〟の男は口を閉じようとはしない。

「武力がなくとも経済《国》は回ります。しかし、政《まつりごと》が機能してなければ、経済《国》は回りません。そして、政を行えるのは我々貴族といった上流階級の人間のみ。それをする権利があるのもまた、我々のみ。ですから、私はエルダスの言葉を戯言と認識しておりました。いざという時、武力に訴えるだけが能のような下賤な連中と手を取り合うなぞ、正気の沙汰ではないと。あやつらは、使ってこそであると」

「……その通りだ」

肯定する。

レグルスの中にある考えと、〝呪術師〟の男が口にしたその言葉は全く同じものであったから。

ただ、言葉はそれで終わりではなかった。

「しかし、それは最善と呼べるものなのでしょうか」

やって来たのは疑問の言葉。

問い掛けであった。

「……それは、どういう事だ」

その一言に、レグルスは〝呪術師〟の男に父であるフェルクスの影を見たのか。

ゆっくりと、胸ぐらを摑んでいた手から力を抜いてゆき、やがてその手を離した。

「この世界には、殿下もご存知の通り、ダンジョンというものが存在しております」

童《わらべ》でも知っている常識だ。

「実際に、殿下も陛下の命でダンジョンに潜っていたかと存じます。その上でお聞きします。如何《いかが》でしたか」

「……如何、だと？」

「ダンジョン。それは一見すると、力自慢や、学のない連中の唯一の食い扶持《くぶち》。我々からすれば、ダンジョンなぞ、基本的にはそのような認識です。いくら価値のある物が得られるとはいえ、泥臭い行為はあの連中に任せるべきだ。それが不変の常識でした」

その通りであった。

だからこそ、レグルスは当初は困惑していた。

何故、国王であるフェルクスが己にダンジョン攻略などという任を課したのだろうか、と。

「しかし、殿下も薄々と感じていたのではありませんか。ダンジョン攻略というものは、我々が考えるよりずっと、難解で、頭を使う、と。一筋縄ではいかないと」

猪突《ちょとつ》猛進に攻略を試みたところで何とかなるほど単純なものでもない、と。

先程フェルクスから差し出された紙の山こそがその証左。

「……神算鬼謀を編み出す頭を持った平民も中にはいる。そして、〝天賦〟の魔法の才を持った平民も、また。だから、一方的に見下すのではなく彼らのその発想を、頭を、力を、御国の更なる繁栄の為に手を取り合い、役立てていくべきだ。それが、大バカの〝言い分〟でした」

だが、当時は誰も耳を貸さなかった。

それどころか、嘲り、侮蔑した。

多くの人間が、「恥知らず」と罵った。

そして結局、最後は国を出て行く事しか出来なかった哀れな人間。

それが、〝呪術師〟の男が知るエルダス・ミヘイラという人間の全てであった。

「私にあの大バカの言葉を肯定する権利はありませんが、それでも尚、この場に限り言わせていただきましょう。あいつの言葉は、きっと正しかった」

「……随分と、良い度胸をしてるな」

おべっかを使う事もなく、徹頭徹尾、最後まで己を貫き、意見を言い放った。

〝呪術師〟の男のその態度を前に、レグルスは胸中で鎌首をもたげていた怒りの感情を乗せて睨《ね》め付《つ》ける。

しかし、それも刹那。

ふん、と不機嫌に鼻を鳴らし、レグルスは彼に背を向けた。

「お前などの意見を馬鹿正直に聞くなぞ、僕はどうかしていた。とっとと去《い》ね。目障りだ」

一発くらいは殴られると覚悟でもしていたのか。〝呪術師〟の男の表情には驚愕めいた色が浮かんでいた。

ただ、

「……殿下。先程、アレク・ユグレットの行方をと仰《おっしゃ》っていましたが、何をするおつもりですか」

城から出て行けと言われて尚、彼は足を止めて言葉を続けていた。

「その理由をお前に聞かせる義理が何処にある？　何処にもないだろう？」

だが、返答は拒絶。

口の端を軽く吊り上げ、不気味な笑みを浮かべるレグルスの様子を前に、答えを聞く事は不可能であると悟ったのか。

これ以上、彼の機嫌を損ねる前に、部屋を後にすべく歩を進める。

そんな中、微かに声が聞こえた。

小さかったものの、それは確かな意思を感じられる声であった。

「……僕は、認めん。認めるものか」

二十六話　フロアボス①

＊＊＊＊

「キミ達二人には取り敢えず、近接で時間稼ぎをして貰う予定でいるから。で、アレクくんには準備が整ったら僕が合図を出す。それまではまあ……頑張ってよ」

　キミ達なら何とかなるっしょ！

　わっはっはっはっは!!

　などと、巫山戯《ふざけ》た様子で態《わざ》とらしく笑うロキの言葉を話半分に聞きながら、彼から渡された〝古代遺物《アーティファクト》〟の具合を俺は確かめていた。

　銘を、〝天地斬り裂く《シュヴァルト》〟。

〝古代遺物《アーティファクト》〟と言われなければ間違いなく気付かないであろう無骨な剣。

　ずしり、と〝魔力剣《ソード》〟に比べれば確かな重量が感じられるものの、かと言ってそれは振るう事に影響が出る程のものではなかった。

　――――基本的にあの〝クソ野郎〟は良くも悪くも嘘吐《うそつ》きだ。だから、得物の具合の確認は念入りにしとけよ。

　そのオーネストの助言に従ってはみたが、問題という問題は見受けられない。

「んじゃ、問題もないみたいだし、僕もやる事やっときますかねえ」

渡された〝古代遺物《アーティファクト》〟に何の問題もないと俺が判断を下し、収めようとしていた事を見越してか。

ロキがそんな言葉を紡ぐ。

「てなわけで、クラシアちゃん協力をお願いぎッ⁉」

「……だから、〝ちゃん〟呼びしないでって散々言ったわよね」

本来、何事もなく紡がれた筈であったロキの言葉は、クラシアが反射的にゲシっ、と足の脛《すね》を容赦なく蹴り付けた事により、途中から苦悶の声に変わっていた。

身体中を走り抜けるその痛みにロキは思わず屈《かが》みかけるも、何とか踏ん張り、涙目で耐えてみせる。

「よ、ヨルハちゃんは許してくれたのに」

「生憎《あいにく》とあたしはヨルハみたいに寛容じゃないの。嫌なものは嫌。分かった？」

これ以上、不快にさせるつもりなら手伝わないわよと言われたところでロキは一度、口を真一文字に引き結び、気を取り直さんとばかりに咳払《せきばら》いを一回。

「……さっきまでクラシア〝さん〟とだけ話してた理由の一つが、ここからの移動についてちょっとした協力をして貰う為でねえ」

「協力？」

「そっそ。馬鹿正直に徒歩で捜すとあっては幾ら時間があっても足りないじゃん？　だから、便利な魔法をこう、ちょちょーっとね。ただ、その魔法って魔力をゴッソリ使うんだけど、僕一人だと中々にキツくてさあ」

だから、クラシアの手を借りようとしていたのだと彼は言う。

「僕だけだと、〝転移魔法《テレポート》〟を使うにはちょっと心許《こころもと》ないじゃん？」

何気ない調子で口にされたその言葉であったが、しかし、その言葉一つで場が凍り付いた。

「……オイ。〝転移魔法《テレポート》〟っつったらどっかのお国の秘匿魔法じゃなかったか」

十数秒と続いた沈黙。

やがて、沈黙を破ったのは意外にもオーネストであった。

もうロキの言葉には一切耳を傾ける気がないのかと思っていたけれど、どうにもそれは違うようで。ただ、浮かべる表情はひどい呆《あき》れ顔であった。

そしてヨルハはといえば、いち早く厄介事の気配を感じ取ったのか。目を逸らしてボクは何も聞いていませんという態度を断固として貫いていた。

〝転移魔法《テレポート》〟。

それはダンジョンにおいて次層に向かう際に強制的に掛けられる魔法の一つ。

ただ、馴染み深い魔法である反面、その実態については謎ばかり。

その為、数十年前から〝転移魔法《テレポート》〟の魔法について国ぐるみでその研究を行なっていたとある国家の上層部を除き、〝転移〟に関する魔法は誰にも扱えない。それが誰しもの共通認識であった。

「……ふはっ、まだまだ尻が青いねえ。いいかい。人生の先輩から有難《ありがた》いお言葉をお授けしよう。何事も、バレなきゃいいんだよ」

ねたという事。

「う、うわー……」

ロキのその言葉が示唆する答えとはつまり、何らかの方法で〝転移魔法《テレポート》〟についての情報をくすねたという事。

その発言に、ヨルハは特にドン引きしていた。

やがて、四方向から向けられる軽蔑の眼差しにロキは耐え切れなくなったのか。

「……なんだよ、その目。それも、4人して。……と、というかねえ⁉　これを聞いて、見て、今から一緒になって使うキミらも、もう僕と同罪なんだからね⁉　ほら！　一蓮托生《いちれんたくしょう》！　仲良くしようよ！　ねえ！　おい！」

「ふざけんじゃねえ」

それは俺とオーネスト、ヨルハとクラシアの心境が見事に一致した奇跡的な瞬間であった。

己の罪をごくごく自然に他者にまでなすり付けてくるあたり、流石は〝クソ野郎〟と呼ばれるだけの事はある。

「……ただまあ、無為に体力を消費しないで済むなら今はそれが一番か。勿論、もしもの時はそこのロキさんに責任を全て押し付けるとして」

俺がそう言うと、まあ、それなら……。

といった空気が漂い始め、それに伴いロキの口の端はぴくぴくと痙攣していたけれど、あえて見て見ぬ振りをする。

「それで、〝転移魔法《テレポート》〟って言っても俺達を一体何処に転移させるんだ」

「一応マーキングはしてるけど、あくまでそれだけ。その場所と、フロアボスとの位置関係は全く僕も知らないねえ」

「……望む場所に転移じゃなくて、指定の場所に転移って事か」

「そっそ。だから、もしかすると転移した先がフロアボスの真正面だった。って場合も十二分にあり得ちゃう。……いつでも戦闘に入れるように警戒はしといてねえ」

その言葉を最後に、ロキは右の手のひらを地面に向けた。

生まれる白銀の魔法陣。

手のひらサイズのソレが地面に描かれるや否や、じわりじわりとその大きさが拡大されてゆく。

倣うように、ロキに続いてクラシアも手のひらを地面に向けた。

「……なら、先に武器出しとくか」

「ボクも魔法を掛け直しとくよ」

借り受けた〝古代遺物《アーティファクト》〟をもう一度発現させる。

続くようにオーネストも〝貫き穿つ黒槍《アルマレステカ》〟を発現。

キィン、と音を立てて再び、〝補助魔法〟付与の為の魔法陣が一重、二重と次々に浮かび上がってゆく。

「一人余計な〝クソ野郎〟がいるが、こういうのも随分と懐かしいなぁ？」

がしゃり、と音を立てて黒槍を肩で担ぐオーネストが突としてそんな言葉を紡いだ。

これはダンジョン攻略。

それも、フロアボスに挑む前によく見る光景であった。

念入りに準備の確認をして、掛けられるだけ〝補助魔法〟を付与し、武器も全て出して、ポーションの確認、退路を把握した上で、いざ。

……きっとだから、オーネストはそんな事を口にしたのだろう。

「確かに。自称『天才』のオーネストくんを除けば完璧なメンバーだったねえ」

「ざけんな。てめえの事だよ！　〝クソ野郎〟!!」

しかし、その発言に対して、あえて揶揄《からか》いにいく悪戯好きの男が1名。

うんうん。と鷹揚《おうよう》に頷きながら返事をするロキに対して、オーネストが声を荒らげていた。

「……おい、〝クソ野郎〟」

「なにかな、オーネストくん」

「今回のこの一件、これは間違いなくでけえ〝貸し〟だよなあ？」

この一件とは、ロキ含む彼のパーティーメンバーの救出の為に64層に潜った事について。

「……ま、そうなるね」

不承不承。

嫌そうにロキがオーネストの言葉に首肯する。

「分かってンならいい。だったらオレさまが言いてえ事も分かるよなあ？　……これが終わったら、〝終わりなき日々《ラスティングピリオド》を〟を推薦しろとリーダーに伝えとけ」

「推薦ってえ？」

「恍《とぼ》けるってんならオレさまは今ここで地上に引き返してもいいんだぜ？」

「……わーかってるよ。全部恙《つつが》無《な》く終わった時は、ちゃんとリーダーに話しとくって」

観念したように、ロキはため息を漏らしていた。

「……推薦って言うと」

「決まってんだろ、アレク。Sランクパーティーへの昇格の推薦だ。あれ、一つ以上のSランクパーティーの推薦と、ギルドマスターの承認がなけりゃAからSにゃ昇格出来ねえ仕組みだろ？　だから、その推薦役をコイツらにして貰う」

ちょうど良い感じの〝貸し〟も出来た事だしな。と言ってオーネストは、ふは、と息だけで笑う。

「……でもオーネストくぅん。皮算用するにはまだ早くないかなあ？」

「好きなだけ言ってろ。心配せずとも、てめえのちっせぇ度肝を抜いてやっからよぉ⁉」

そして睨み合いが始まった。

……飽きねえのなお前ら。

と、胸中で言葉を呟きながらも、俺は彼らから視線を逸らした。

「喧嘩をするのは二人の勝手だけど、そろそろ準備整うわよ」

クラシアのその言葉がやってきた時。

手のひら大のサイズであった魔法陣は5人を軽く覆い尽くせる程に広がっており、魔法付与の際に聞こえてくる金属音が忙しなく鳴り響いていた。

次いで、光の粒子のようなものが足下に広がる魔法陣から続々と浮かび上がる。

そしてそれは数を増してゆき、やがて視界を覆い尽くす程の量となった折————襲う、浮遊感に似た独特の酩酊《めいてい》感。

〝転移魔法《テレポート》〟。

次の瞬間、周囲の景色が丸ごと入れ替わった。

「……さっすが僕。完璧過ぎない？　これえ」

鼓膜を掠めるロキの声。

しかし、それも刹那。

すぐにその声は響き渡る凄絶な剣戟《けんげき》の音に上書きされた。

「オーネスト」

隣にいたであろうオーネストの名を呼んだ時、既に俺の身体は動いていた。

そして、同様にオーネストもまた。

得物を手にしたまま、一気にギアを跳ね上げ、駆ける。駆ける。駆け走る。

視界には人影が二つ。

尋常でない動きをし、動くたび火花を散らす黒いナニカが一つ。

転移した場所から音の生まれる場所まで目算数百メートルといったところ。

大地を踏み締め、１秒、１秒でその距離を縮めてゆき、そして————。

「そこ退《ど》けぇぇえええええええ!!」

「そこ代われえええええええええ!!」

重なり合う、言葉。

目の前に広がる光景を捩《ね》じ伏《ふ》せんとばかりに、オーネストと一緒になって叫び散らす。

次いで、ここに来て更に速度をあげる。限界まで引き絞られ、弓から放たれた矢の如き速度を伴い、一陣の暴風となって突き進む。

それはヨルハの〝補助魔法〟があるからこそ、出来てしまう芸当であった。

やがて、米粒程度の大きさに見えていた人影は既に明瞭なものへと移り変わっており、判然としていた。

瘦軀《そうく》の男と、女が一人ずつ。

浅くない傷を負っている事は明白で、破れ裂けた衣類から傷跡が見え隠れしている。

きっと、だから。

だから、彼らは俺とオーネストの叫びに「考える」というワンクッションすら置かずに従ってくれた。バックステップで、後ろに退いていた。

直後、生まれた距離の間に割り込むように、俺とオーネストは躍り出る。

漸く姿がはっきりと直視出来た敵の姿は、事前にロキから聞いていた通りの、全身フルプレートの騎士らしき何か。

「────くたばれ」

頰が裂けたかのような笑みを貼り付けながら、紡ぐ一言。突き出される黒槍、その穂先。

まるで吸い込まれるかのように、ソレはフルプレートの騎士めいた相手の頭部へと向かった。

まさしく必殺の一撃。

しかし、散ったのは火花のみ。

苦もなくフルプレートが手にする無骨な大剣に弾き返され、オーネストの表情が目に見えて歪んだ。

「悪いが二人掛かりだ」

けれど、攻撃はそれだけにとどまらない。

打ち合う瞬間に、更に距離を詰めていた俺は地面を這わせるように、手にする剣を振り上げる。

オーネストに意識が向いている今。

大剣を使って弾いた今であれば防御は間に合わない。ならば、まず間違いなく攻撃は命中する。

……しかし。

「ま、じかよッ……」

人体であれば間違いなく筋肉は勿論、骨もただでは済まないだろう人外の挙動でもってしてその一撃を躱《かわ》される。

やがて、右足を軸に、フルプレートがぐるりと回転。俺とオーネストを同時に相手せんと、薙ぎの一撃が真一文字を描くように眼前に走った。

二十七話　フロアボス②

――――もしかすると中身は空かも。

ふと過《よ》ぎる、ロキの言葉。

ただ、転移前に聞いていたオーネストのロキに対する評価と、何事も試してみなければ信じられない己の性分が邪魔をした。

そのせいで、物の見事に初撃が躱されていた。

「これ冗談抜きで中身ないぞッ!?」

迫る剣閃《けんせん》。

それを防ぐ為に、振り終えた剣を咄嗟にクルリ、と逆手へと持ち替え、そのまま地面目掛けて突き刺した。程なく剣と剣が衝突。

虚空に弾ける火花。

響く虚しい鉄の音が容赦なく鼓膜を殴りつけてくる。

圧倒的な重量感が柄越しに伝わり、地面に突き刺した得物が、ざり、と見る見るうちに押し返されていた。

「……ンなら、紛らわしいが対人相手って思わねえようにしねえとなぁぁあああッッ!!」

咆哮。

ただし、その出どころは俺の側ではなく、向かい。

常人離れした速度で跳ね進んだオーネストの姿は既に敵の背後を取っていた。

そして足を地面から離し、虚空に身を躍らせ、身体全てを使っての一閃《いっせん》。黒の軌跡が風を斬り裂き、常軌を逸した速度で黒槍が敵へと肉薄する。

「────!!」

背後からの一撃。

いくらオーネストが叫び吠《ほ》えたとはいえ、その一撃はなんの準備も無しに避《よ》けられる程生易しいものではないと言うのに、まるで背後に目を付けていたのかと錯覚するあり得ない挙動でまたしても、回避。

……けれど。

「それは2度目だろうが」

人外の挙動を見るのはもう2度目。

ならば、敵の動作もある程度予想がつく。

故に、繰り出すならきっとこの隙間。

この瞬間に、滑り込ませろ────!!

「〝天地斬り裂く《シュヴァルト》〟────ッッ!!!」

狙いは頭部。

繰り出すは、身体を僅かに傾けさせながらの横薙ぎによる一撃。

全てを斬り裂け。

そんな想《おも》いを乗せて、銘を叫び剣を振るう。

「――――っ」

未だ一言も声をあげない目の前の敵から、息をのむような音が聴こえた気がした。

そして、一瞬遅れて耳障りな擦過音が一度。

剣を振り抜いたのち、数瞬遅れてカラン、と少し離れた場所にて、金属製のナニカが落下する音が場に響いた。

「〝首無し騎士《デュラハン》〟」

それは一体、誰の声であったか。

否、誰の声であろうとこの際どうでも良かった。

……斬り裂いたにもかかわらず、驚く程に手応えがなかった。加えて、頭部《ヘルム》と泣き別れになったにもかかわらず、フルプレートの体躯から立ち上る闘志は未だ衰えず。

首元からは、見通せぬ闇の洞が如き不気味な色が見え隠れしていた。

「……あの時ブチ殺してやった〝化け物〟は、こいつの騎獣だったってところなのかねえ？」

〝首無し騎士《デュラハン》〟は人馬一体の〝死霊系《アンデッド》の魔物〟。

「……だろうな」

それ故にオーネストの呟きに対して肯定する。

頭部《ヘルム》を斬り飛ばした事により生まれた敵の硬直。束《つか》の間《ま》の静けさ。

しかし、それも長くは続かない。

斬り殺さんとばかりの濃密過ぎる殺気は、ぶわりと突如として膨れ上がり、それが再開の合図となって全身を隈《くま》なく覆い尽くしてくる。

「ッ、……！」

転瞬、眼前から残像だけを残して掻き消える敵の姿。移動の音すら置き去りにし、敵の存在は俺の認識の外へと自ら弾き出された。

そして視認するより先に、勘に身を任せて身体を捻る。直後、一瞬前まで俺がいた場所に、大剣が通り抜けた。その事実に、思わず顔が歪む。

「コイ、ツ…………っ!!」

さっきまで手を抜いてやがったろ⁉

そう叫び散らしたかったが、逼迫した状況の中、辛うじて紡げたのはその1単語だけ。

加えて、俺の驚愕に対する返事は勿論なし。

明らかに先客二人とのやり取り。

そして頭部《ヘルム》を飛ばす前の一合程度の打ち合いとは打って変わって段違いに跳ね上がった身体能力を前に、毒突かずにはいられない。

……けれど。

「それ、はっ、悪手だろッ⁉」

2度、3度、と薄皮を斬り裂かれながらも避け、剣の腹で受けるを繰り返しながら叫ぶ。

なにせ、俺と一緒に切り込んだ人間はあのオーネストだ。自他共に認める自尊心の塊のオーネストである。己の存在を無視され、俺を先に始末してしまわんと肉薄した〝デュラハン《コイツ》〟に腹を立てないあいつではない。

故に、悪手。

「――――オレさまを無視たぁ、良い度胸してンじゃねえか」

やってくるのは底冷えした一言。

そして胸中でその言葉に俺は肯定する。

そうだ。その通りだ。

あのオーネスト・レインを近接戦闘において無視するとは全く良い度胸をしている。

「は――――」

小さな息遣い。

次いでミシリ。そんな幻聴を耳にしてしまうような力強い踏み込み。

やがて襲うは、小手先の足掻《あが》きを「それがどうした」と嘲笑う、

「ッ、オ、らぁぁああああッッ!!!!」

――――憤怒纏《まと》った極限の一撃。

この攻撃は、逃げられない。

本能的にそれを悟ったのか、俺に背を向けてまで〝首無し騎士《デュラハン》〟はオーネストの攻撃に対する防御に全身全霊を傾ける。

直後、防御の構えを取った〝首無し騎士《デュラハン》〟と、振り下ろされたオーネストの黒槍が衝突。

その並々ならぬ衝突により、〝首無し騎士《デュラハン》〟の両足が地面に僅かに陥没。びり、とその衝撃が大気にすら伝播する。

なれど、受け止めた。

その反射神経は最早、感嘆すべきものだろう。

しかし、

「く、はッ⁉　バァカ。逃さねえよ⁉」

重くのし掛かるオーネストの一撃は、その場からの離脱を執拗《しつよう》に許さない。

となれば必然、隙だらけの無防備な背中が俺の眼前に出来上がる。

本来であれば彼の一撃を軽くいなし、続く俺の攻撃を対処するつもりだったのだろうが、それは幾ら何でも甘く見過ぎだ。

「やれ、アレク────ッッ‼‼」

「任せとけッ！！！」

背中を強く押す声が一つ。

そして、めきゃッ。

そんな壊音と共に、オーネストからの一言が聞こえるより先に振るっていた剣を伝って何かがひしゃげる感触が届く。

次いで、元々は鎧《よろい》の一部であっただろう黒塗りの金属片が複数虚空に飛び散り、力任せに放った一撃は〝首無し騎士《デュラハン》〟を容赦なく斬り、押し飛ばす。

ヨルハの〝補助魔法〟が合わさり、今の膂力《りょりょく》は普段とは比例をする事が烏滸《おこ》がましく思える程に跳ね上がっている状態。

故に、それをモロに受けた〝首無し騎士《デュラハン》〟の身体は宙を舞い、幾度となく地面をバウンド。

そしてダンジョン特有の角ばった壁へと一直線に突っ込んでいった。

巻き上がる砂煙。遅れて地鳴りに似た音が聞こえてくる。

「手応えは」

「微妙」

視線を合わせるまでもなく、最低限の言葉を交わし、轟音でしかない重い衝突音が生まれた場所へと一緒になって注意を向けた。

「……というかアレ、硬いにも程があるだろ」

ロキから借り受けた〝古代遺物《アーティファクト》〟の銘は〝天地斬り裂く《シュヴァルト》〟。事前に切れ味が良いとも聞いていた割に、先程の一撃は間違っても斬り裂いたという感触ではなかった。

どちらかといえば鈍器を使って殴ったような。

そんな感触。

「……一応アレ、64層のフロアボスなンだろ。だったら、〝古代遺物《アーティファクト》〟があんまし機能しなくともおかしくはねえ。打ち合って壊れねえだけ儲《もう》けもんって考えるしかねえだろ」

〝魔力剣《ソード》〟であれば一溜まりもなかった。それは数合の打ち合いで否応なしに理解させられている。

それもあって、オーネストの言葉に頷く。

「────」

やがて不穏な空気を漂わせながら、ゆらりと不気味に動く影。

「ま、立ち上がるわなあ」

微塵の痛痒《つうよう》も感じていない。

とまでは考えたくないが、〝死霊系《アンデッド》〟である以上、剣でどうにか出来る相手でない事は納得ずく。

故にその光景に落胆といった感情を抱く理由もない。

課された役目はあくまで時間稼ぎなのだから。

「……流石に、こんな簡単に終わってはくれないよな」

「剣でぶち殺せるンならそもそも、〝死霊系《アンデッド》〟じゃねえしな」

「違いない」

やがて視線の先の影は、ガラガラと瓦礫《がれき》が落ちる音と共に立ち上がる。

そして、何を思ってか。

硬直したかと思えば、一転。

「────ァアアアア────────!!!!!!」

「ッ、うっ、せえ!!」

「うる、っさ……っ」

割れんばかりに轟くは、言葉にすらならないけたたましい奇声。

思わず反射的に手で耳を塞ぎ、顔を顰めてしまう。

未だ頭部《ヘルム》と泣き別れているというのに、何処からそんな声を出してるんだよと突っ込んでやりたくもあったが、突如としてピタリと止まる奇声。

やがて、

「────────！！！」

「く、そッ、は、やいんだよ……っ」

奇声を止めるや否や、予備動作ゼロの無拍子かつ無音による肉薄を始める敵を前に、無駄口を叩く余裕はもう何処にもなかった。

そして〝首無し騎士《デュラハン》〟の狙いは執拗に、俺。

きっとオーネストより俺の方が倒し易《やす》いと捉えての行為なのだろう。腹立たしくも、それは正解でもあった為、潰し易い方から潰しに行くというその合理的な作戦にとやかく言う気は毛頭なかった。

警戒心を最大限高め、攻撃に備えるも、気付いた時には既に頭上に大剣が掲げられていていて。

そこからはもう、本能的に動いていた。

考えるより先に俺は右手で握る〝天地斬り裂く《シュヴァルト》〟を目の前の光景に割り込ませる。やがて、合わさる剣と剣。

「ぐッ、」

ズン、と伝わる助走という勢いすら加えられた一撃を前に、歯列の隙間から堪らず息が漏れ出る。しかし、受け止めた。

渾身《こんしん》の一撃を防ぎ切った。

……そんな感想を抱いた直後、目にも留まらぬ速さで忍び寄る死の気配を纏った黒い軌跡が一つ。

吸い込まれるかのように、続け様に繰り出されるは、恐ろしいまでに冴《さ》えわたった一撃。

「が、ハッ」

気付いた時には、飛沫《ひまつ》として口から体液が飛び出していた。遅れて知覚する鋭い痛み。

騎士のなりからは考えられない邪道としか言いようのない体術《脚撃》が腹部に突き刺さった。

めきり、みしりと明確な壊音を刻み、そして塵芥《じんかい》のように今度は俺が勢いよく蹴り飛ばされる。

直前にオーネストが叫んでいたがその声の一部すら聞き取れず。

次いで、後方に存在していた壁に打ち付けられ、背中からも激痛が全身を駆け巡った。

……そして間もなく、攻撃をモロに食らったにもかかわらず、俺は顔を顰めながら何とか立ち上がる。

「……ゴホッ、ケホッ、あ、ぶねえっ。ヨルハの補助無かったら、今ので完全にくたばってた……！」

咳《せき》と共に血痰《けったん》のようなものが口からこぼれるも、それに構わず胸の内に収めていたポーションを取り出し、ひと息にそれを呷《あお》る。

次第に収まってゆく腹部の痛み。

それを感じながら俺は言葉を口にする。

「……どれぐらい時間稼げばいい」

「最低5分くらいかなあ」

偶然にも、蹴り飛ばされた先のすぐ側にロキの姿を視認。

あの化け物級を相手に近接で。

それも、俺達だけに目を向けさせる程の時間稼ぎとなると、二人掛かりでも魔法無しだとかなりキツイんだが。

という想いも込めての一言であったが、無情にも5分という答えが返ってくる。

ただ、先ほどまでの巫山戯《ふざけ》た様子はなりを潜めており、恐らく本当にソレが最低ラインなのだろう。だから、文句の言葉を飲み込んで、なんとか割り切る。

「……出来るだけ早くしてくれよ」

「勿論。仕留める為の仕掛けはちゃんともう準備を進めてるから、思う存分に時間稼ぎをしてきてよ」

手持ちのポーションは後6本。

あまり、無理は出来ない。

そんな事を考えながら、ロキの発言に対してため息混じりに返事をする。

俺の眼前には火花散る剣戟の坩堝《るつぼ》が一つ。

まるで己の手足のように黒槍を扱いながらも、早々に俺が離脱した事で1対1となり、怒濤の勢いでもって攻めに転じていた〝首無し騎士《デュラハン》〟の攻撃を凌《しの》ぐオーネストの下へ急がんと足を動かした。

＊　＊　＊

1秒、1秒経過するたびに猛烈な勢いで生命力を消費させているのでは。

そんな錯覚を思わず抱いてしまうギリギリの命のやり取り。

一瞬、一手間違うだけで死に直結する闘争。

そして、満足に目で追いきれない戦闘が始まってから体感では既に数十分といったところ。

しかし、ロキの合図が未だないあたり、それは間違いでしか無いのだと無理矢理に自分自身を納得させる。

やがて、限界まで圧搾された殺意飛び交う緊迫の空気の中、

「——漸く、〝らしく〟なってきたじゃねえか。ええッ⁉」

愉楽孕《はら》んだオーネストの声音が、殷々《いんいん》と鳴り響く剣戟の音に紛れて俺の鼓膜を掠める。

はぁ、はぁと息を切らしているにもかかわらず、よくもまあ叫ぶよと呆れを通り越して畏敬の念すら僅かに抱いた。

「ったく、4年ぶりに面《ツラ》を見せたかと思えばクソつまんねえ顔浮かべてやがるしよォ⁉」

唐突過ぎる叫び声。

それは、ただの文句だった。

今ここで言うような事か⁉　と、今すぐにでも指摘したくなる程のなんて事はない文句。

どんな意図でもって言い放たれたのか、判然としないその言葉に対して俺は縦横無尽に剣を振るいながら叫び散らす。

「うっ、せえよッ！！　俺にも色々と事情があったん、だよ────っ」

言い逃れが出来ないこの場にてその言葉を投げつけてくるあたり、悪辣というか。

無遠慮なオーネストらしいというか。

「ふは、そりゃ悪かったなァ⁉」

俺の乱暴でしかない返答が納得のいくものであったのか。迫り来る大剣を黒槍で上手く捌きながら、薄い唇の端を限界まで引き上げ、歯を見せて笑う。それは憎らしい程快活な笑みであった。

「にしても、いやあ、やっぱり楽しいなあ？」

頰に、手に、腹に。

彼方此方を掠める攻撃と、程なくぷくりと浮かび上がる鮮血。走る赤の線。

雨霰《あめあられ》と襲う連撃を一緒になって防ぎながら、オーネストは場違いに声を弾ませていた。

「特にオレらみてえなヤツらは、こういう場でこそ、輝くからよぉ‼」

見え隠れするは、忘れもしない戦闘馬鹿の面影。

「だから、当時は不思議で仕方なかったンだぜ⁉　幾ら親父さんの事があるとはいえ、てめえはオレらと道を共にするもンとばかり思ってたからなぁ⁉」

4年越しの昔語りが始まる。

心底楽しそうに、オーネストは語る。

口を動かす事で裂傷が増えても構わないと言わんばかりに。

この瞬間じゃなけりゃ、てめえは答える気ねえだろ!? と言われているような気がして、敵に全身全霊の集中を向けるべきであると頭では理解していてもどうしてか、オーネストの声をシャットアウト出来なかった。


『────こうして4人、出会ったのも何かの縁。どうせなら、行けるとこまでいってやろうや。目指すは〝最強《頂》〟ただ一つ。くは、楽しくなってきやがった────!!!』


それは〝魔法学院〟に入学をして、1年が過ぎた頃。

進級祝いだなんだと理由を作って4人で食べに行った飯屋にて、オーネストが大声で叫び散らしていた言葉。忘れもしない発言であった。

「なのにこれだ!! だからオレさまは言ったじゃねえか!! 宮廷《あそこ》はロクでもねえってよぉ!! ンな顔をオレらに見せる事になってまで、てめえは何をしたかったんだよ!! 吐き出せよ、なぁ!?」

迫る袈裟《けさ》懸《が》けに振り下ろされた一撃を紙一重で躱しながら、間髪いれずに反撃のモーションに入る。

すっかり言われたい放題となっていた事で積み重なっていた憤懣《ふんまん》を発散すべく、思い切り敵目掛けて刺突《しとつ》を繰り出すも、それは虚しく空を切った。

「……うるせえ」

不機嫌な心境を隠すつもりもなかった。

だから、自分でも驚くような低音で呟く。

ただ、飛び交う言葉は止まらない。

俺に問いを投げ掛けているのは〝ど〟がつく程の気遣い屋のヨルハではなく、事なかれ主義のクラシアでもなく、オーネスト。

故に、「言いたくねえんだよ」という逃げは絶対に通じない。

「いいや、黙らねえ‼　てめえがその胸の内に隠し込んでる事を吐かねえ限り、オレは黙らねえ‼」

ガキン、と鈍い衝突音を響かせて〝首無し騎士《デュラハン》〟の得物を横に弾いて無理矢理に逸らし、そのまま深く踏み込む。

直後、瞬く間に懐へと潜り込んで防戦から一変してオーネストは攻勢に転じていた。

まるで、俺が彼らに話していた、宮廷魔法師の道を望んだ理由以外にもまだ何かある。

そう確信しているような物言いであった。

……妙なところで察しが良いのは相変わらず。

「だ、から――――」

オーネストの言葉は、決して間違っていない。それも、これは俺が答えれば済むだけの話だ。

でも、情けない話をしたくはなくて。だから、それでも尚「うるせえんだよ」と言葉を続けようとして。

「……知らなきゃ助けられねえ。知らなきゃ手も貸せねえ。背中を任せて同じ釜の飯を6年も一緒にかっ食らったヤツの悩みを解決してやりてえと思うのはそんなに悪《わり》ぃ事なのかよ⁉　ええ⁉　それでもてめえは黙れってか⁉　ああッ⁉」

その言葉は、叫びは、剣戟の音の合間を縫うように、鮮明に聞こえてきた。

聞こえない振りをするなと言わんばかりに、耳に届きやがった。

……その言葉は、狡いだろうが。

卑怯《ひきょう》にも、程があるだろうが。

無性にそう言いたくなった。

そして、振るう剣の柄を持ち得る限りの膂力《りょりょく》を使って思い切り握り締めながら、下唇を一度強く噛み締める。

「……。っ、おれ、は、借りを返したかっただけだ」

次いで、オーネストと一緒になって攻勢に転じ、剣の刃をぶつける音で掻き消さんとばかりに音を大きく立てながら、絞り出すように言葉をこぼす。

「ずっと昔に受けた恩、を、返したかったッ」

眼前に映り込む突き出される黒い軌跡。

1度はモロに受けたその体術《脚撃》。

2度目は食らうわけないだろうがと言わんばかりに距離を取り、確実に避ける。

その間に繰り出されるオーネストの刺突連撃。

なれど、もうすっかり見慣れた人外の挙動でそれをいとも容易《たやす》く〝首無し騎士《デュラハン》〟は避けてみせる。

「……ふとした時に、あいつの顔が浮かぶ。悲しそうで、苦しそうで、辛そうで、今にも泣き出しそうだった、らしくないあいつの顔が……ッ」

――――宮廷魔法師にだけは、ならない方がいい。

それだけを告げて、俺の前からその日を境にいなくなったヤツの顔が。

「だ、から――――ッ！！　俺は！　宮廷を変えさえすればあいつへの恩返しになると思った!!　だから、だから、全員の反対を押し切ったッ！　なのに、このザマだ!!」

言えるわけがないだろ。

隠すに決まってるだろ。

これで満足かよ、オーネスト。

振るう刃に怒り《想い》を乗せ、側で今も尚共に〝首無し騎士《デュラハン》〟と干戈《かんか》を交え戦う友人に向けて、感情を音に変え叩き付ける。

そして遅れてやって来る、自責の念。

後悔の感情。

……せめてあの時、こうなるくらいなら、パーティーから追い出される事になったあの瞬間に、あの３人に面と向かって言うべきだった。

好意的ではなかったものの、どうしてか、唯一俺を無下にしていいなかった国王に直訴すればいい。

そんな考えに逃げるべきではなかった。

真に変えたいと願っていたならば、言うべき時に、言うべき言葉がもっと、もっとあった筈なのだ。

「……俺がやれていた事は、ただただ得た地位にしがみ付いてただけだ」

何も変えられなかった。

何も成せなかった。

言ってしまえばただ、ダンジョン攻略の為の荷物持ちをやらされていただけ。

その空虚さに、思わず自嘲めいた笑みが溢れそうになる。……だけど、

「――――それでも、てめえが変えたいと願っていたその想いは紛れもない真実なンだろ？　じゃねえとそもそも、あんな宮廷《掃き溜め》に4年もいられる筈がねえ。オレさまにゃ、それだけで十分立派に映るがね」

アレクにゃ、そうは捉えられねえのかもしれないが。

オーネストの口から、そんな優しい言葉が付け足された直後であった。

強烈な踏み込みと共に繰り出された一閃と黒槍が衝突する。そして、散る火花と一緒になって黒槍が手にする腕ごと大きく弾かれた。

「……ァ？」

それは無駄口を叩きながらも、時に見た事もない技を織り交ぜていた敵に対して最低限の裂傷で済ませていた筈のオーネストが見せた最初で最後の隙だった。

ほんの一瞬。

しかし、それを見逃す〝首無し騎士《デュラハン》〟ではなく。

鋭く舌を打ち鳴らし、顔を顰めるオーネストを助けるべく咄嗟の判断で援護に回ろうと試みる。

けれど、刹那。

「……チ、ィッ」

まるで狙っていたかのようなタイミングで、キィン、と聞き慣れた金属音を伴って俺とオーネスト、〝首無し騎士《デュラハン》〟の頭上に浮かび上がる特大の魔法陣。

その出どころは考えるまでもなく、そしてその存在に気付いた〝首無し騎士《デュラハン》〟は己が持つ知性に従い、直前で追撃をやめてその場を離脱。恐るべき速度でその場から姿を掻き消し、やがて向かった先は――――

「ま、て。おい、そっちは……‼」

肩越しに振り返るとそこにはヨルハやクラシアを含む5名の人間の姿が。

そして〝首無し騎士《デュラハン》〟がまず先に向かった場所は頭上に展開された魔法を発動した人間の下。

知性がある故にそれをピンポイントで見透かし、ロキとクラシアが立ち尽くす場所へと全速力で向かい、手にする大剣を振り下ろす――――。

と、思われた瞬間。

「ふ、はっ。ふは、ふはははははは！！！」

虚をついたであろう〝首無し騎士《デュラハン》〟のその行動を全力で馬鹿にし、嘲笑う哄笑が1度、2度、3

度と何処からともなく断続的に響き渡る。

そして、程なく大剣を振り下ろされた場所がぐにゃりと空間ごと歪み、続け様、設置系の魔法だろうか。〝首無し騎士《デュラハン》〟の足下に魔法陣が複数展開された。

「ちゃぁんと僕が置いといた魔法を律儀に踏み抜きやがったよコイツ⁉　馬鹿だ。馬鹿がここにいる！　ぎゃはははははははは！！！」

ひぃー！

と、笑い苦しむ声の主は言わずもがな、ロキである。

「でーも、思いの外、あの二人が手強《てごわ》かったのか。それとも虚仮威《こけおど》しの僕お手製の大技魔法に臆したのか。随分と余裕がないじゃぁん。〝死霊系《アンデッド》〟なら魔法師を先に潰す必要があるのは分かるけどさぁ……焦ったねえ、キミィ？」

設置魔法は基本的にその存在を隠し切れるものではなく、精々がここ通るな危険。程度の使い道しかない。

その為、踏み抜けば攻撃が１００％命中する等の利点はあれど、知性を持った相手には滅多な事がない限り設置魔法が直撃する事はない、筈だった。

しかしその〝滅多な事〟を一瞬の〝焦り〟を使って無理矢理に引きずり出してみせる。

〝首無し騎士《デュラハン》〟が踏み抜いた場所に展開された魔法陣の色は青白。

「────しっかし、こうも予想通りに行っちゃっていいのかねえ？　ま、こうなると、詰めまであと数手。取り敢えず、そのうざったい機動力を削らせて貰おっかなあ？」

二十九話　フロアボス④

「……、ッ‼　あ、ん、の〝クソ野郎〟が……っ‼　魔力足りねえってただの嘘かよッ！！！」

ぐにゃりと歪められた空間。

その正体は――――〝幻術〟。

そしてその魔法を行使した人物は十中八九今も尚、ゲラゲラ笑い続けているロキだろう。

何より、クラシアとヨルハに〝幻術〟の魔法に対する適性はなかった筈。

数ある魔法の中でも特に消費が別格で知られる〝幻術〟を行使している時点で〝転移魔法《テレポート》〟をクラシアに手伝わせる為のあの言葉は間違いなくただの嘘っぱち。

故にオーネストは身体を怒りに震わせながら、血管をこめかみに浮かばせ、怒り哮《たけ》る。

「気に掛けて損したクソが……ッ！！！」

ぴしり。ぱきり。と音を立てながら凍り付いてゆく〝首無し騎士《デュラハン》〟の足部を見詰めながら背後に控えているであろうロキ達に攻撃が向かないように戦っていたオーネストは毒突いていた。

「いやいやぁ。キミ達のその気遣いがあったからこそ、〝デュラハン《コ　イ　ツ》〟は〝幻術〟である事に気付けなかった。無意識のうちに、そこにいると信じ込んでしまった。こういう細かな布石が、相手をハメるコツなんだよねえ‼」

「ンな事《こた》ぁ聞いてねえよッ‼」

つまり、背後を気にする俺達の心情と行動。

そして敵に〝知性〟がある事を逆手に取り、幻術でないという信憑性《しんぴょうせい》を高めた上で、仕掛けにかかったのだと。それ故にハマったのだと。

そんな事を事細かにわざわざ説明するロキの言葉に対して声を荒らげ、黒槍を握り直してオーネストは腰を落とす。

次いで、再び敵へと肉薄を開始し————、

「そう。オーネストくんなら怒った上でそう突撃して来るよねえ。うん、知ってた。知ってたから」

やって来るただの感想。

その何気ない言葉に何の意味があるのかと一瞬不思議に思うも、

「だから、そこに仕掛けて貰った」

次の瞬間にオーネストが踏み込み、突き進んだ先で発動する魔法陣が一つ。

すっかり見慣れたソレは、設置型に改良された転移の魔法。

その仕掛け人は、恐らく、

「……なる、ほど。それでクラシアか。クラシアに〝転移魔法《テレポート》〟を手伝わせた理由はそれか」

俺が知る限り、誰よりも卓越して〝器用〟な人間————クラシア・アンネローゼの仕業。

俺とヨルハ、そしてオーネストの三者には回復魔法の適性が全くと言って良いほど無かった。

たったそれだけの理由で回復魔法の適性が多かった事もあり、その修練に力を入れ、そして気付けば回復魔法のエキスパート。

などと呼ばれるようになってしまっていた才女。

器用過ぎる人間、それがクラシア・アンネローゼという『天才』。

彼女であれば間違いなく、一度手伝っただけの魔法をあの短時間の間に100%命中させる為に設置魔法に改良し、行使する事も可能――――。

「――――く、はっ」

転瞬、オーネストの姿が掻き消える様を目視した直後、突如として彼の笑い声が遠間から聞こえた。しかも、その場所は、〝首無し騎士《デュラハン》〟の背後ドンピシャ。

「流石は〝クソ野郎〟！！！　相変わらず人の思考を読むのが気持ち悪《わり》ぃくらいうめぇなぁ!?　オイ!!」

既に黒槍は振り抜くモーションに入っており。

「――――――ッ、!?」

一瞬遅れて〝首無し騎士《デュラハン》〟がその転移に気付くも、足に纏わりついていた設置魔法――氷が邪魔をし、反応が僅かに遅れる。

そして、

「おせぇよボケッ！！！」

怒声と共に繰り出された一撃は、真面《まとも》に防御の姿勢を取れていなかった〝首無し騎士《デュラハン》〟に直撃し、致命的な壊音が大きく轟く。

やがて、振り抜かれた黒槍の一撃によって宙に舞い上がるフルプレートの身体。

勢いよく弾き飛ばされながらも、懸命に足を伸ばし、地面に擦《こす》り付《つ》ける事でなんとかその勢いを殺さんと試みる。

次いで、猛烈な擦過音がガガガガガ、と響き渡った。

……ただ、

「わーお。……さっすがロッキー。本当に言ってた通りの場所に飛んできちゃったねえ⁉」

それはまるで、オーネストがその場所に向かって斬り飛ばすと知らされていたかのような物言いであった。

そして漸くの思いで壁に衝突する寸前に、勢いを完全に殺してみせた〝首無し騎士《デュラハン》〟の前に立ち塞がるは不敵に笑う矮軀《わいく》の女性————恐らくは、Ｓランクパーティー〝緋色の花《リクロマ》〟所属のメンバーの一人。

ロッキーとはきっと、ロキの事を指しているのだろう。

肉食獣を想起させる獰猛な笑みを浮かべる彼女の手には〝首無し騎士《デュラハン》〟の得物と似たり寄ったりの大剣が一つ。

そしてそれは既に振り上げられており、

「どっ、せい————ッ！！」

先の発言に対する返事を待つ事もなく一方的にそれはぶぉんっ、と風を斬る音を伴って振り下ろされる。

小柄な身体に似合わないその攻撃は正しく、初見殺し。ただ、彼女は既に〝首無し騎士《デュラハン》〟と剣を交わしていた人間。

故に、油断が入り込む余地はなく、所々が凍り付いていた足を使ってすんでのところで、片足を使って右に身体を跳ねさせる事で回避。

「んふふ。やっぱりデュラちゃんは反射的に右に避ける癖あるよねーえ。でもそれ、ロッキーに見透かされちゃってるよん？」

しかし、そうされると分かっていたかのような口振りで女性は満足げに笑う。

程なく明らかになるそのワケ。

発動する複数の魔法陣。

「────ッ、っ!!!!」

〝首無し騎士《デュラハン》〟が避けた先にはまたしても、設置魔法が用意されていた。

そして先程と同様の青白の魔法陣が〝首無し騎士《デュラハン》〟の足下に大きく展開される。

やがて始まる氷の更なる侵食。

ぴしり、ぱきり、と音が鳴る。

そこで悟ったのだろう。

己にとっての最たる脅威は、行動を先読みし、考える余裕を奪った上で設置魔法を命中させ続ける〝クソ野郎〟こそ、であると。

そいつを真っ先に始末しなければならないと。

「────ァァァアアアアアアッ！！！！」

それは、常人であれば耳にしただけで背筋が思わず凍ってしまう程の怨嗟の咆哮。

おちょくっているかのような仕掛けの数々に痺れを切らした〝首無し騎士《デュラハン》〟による、激怒と殺意の発露であった。

最早、膝から下が凍ってしまっている事などお構いなしに無理矢理に動かし、肉薄を開始。

そして、今度は何も無いはずの場所目掛けて突進し、

「……やっぱり、ラッキーパンチに2度目はないよねえ」

苦々しいロキの声が響く。

冷静になられてしまったが最後、〝首無し騎士《デュラハン》〟に、〝幻術〟は効かない。

加えて、猛烈な勢いで肉薄をしたかと思えば、突如として方向転換。そして、ぐるりと一瞬にして〝ある場所〟へと回り込む。

それは、考えなしに直進すれば、また餌食《えじき》になってしまうからと言わんばかりの行動であった。

「なにせ、ラッキーパンチの2度目ってのは」

そして、一見すると、何も無いであろう場所に向かって〝首無し騎士《デュラハン》〟は横薙ぎに必殺の一撃を繰り出す。

しかし、そこには確かな歪みが生まれていた。まごう事なき〝幻術〟の兆候。

恐らく、ロキはその場所にいる。だから、〝首無し騎士《デュラハン》〟は回り込んでいた。

なのにどうしてか、そこから逃げようとする気配はこれっぽっちも感じられなかった。

補助魔法師であるロキにとって、その一撃を食らう事は即《すなわ》ち、死に直結しかねないというのに。

「────────！！！」

気合一閃。

死を予感させるその一撃は力任せに展開される〝幻術〟すらも塵芥のように薙ぎ払ってゆき、そして、そして────。

「無理矢理に作っ、ちゃ、う、も、の、だ、もんねえええええ⁉　ふ、はっ、ふははっ、ふはははははは！！！」

補助魔法師である筈のロキが手にする〝剣〟と合わさり、耳障りな衝突音が火花と共に周囲へ無差別に散らされた。

「ん、な────ッ」

それは一体誰の驚愕であったか。

剣を扱えないと口にしていた筈のロキが即席の〝魔力剣《ソード》〟を手にしており、あまつさえ襲い来る一撃を食い止めてみせた。

──〝補助魔法《エンチャント》〟──

そんな彼の足下には、ヨルハの魔法の影が一つ。故に、一撃であれば奇跡的に〝首無し騎士《デュラハン》〟の攻撃を限定的に耐える事が出来た、と。

しかし、その膠着も長くは続かない。

次第に握る得物はひび割れ、壊れてゆき、そして、力負けしている光景も揺るぎないものとして鮮明に事実として刻まれてゆく。

なのに、

「僕を仕留める為に踏み出したその一歩に、泣くんだよキミはさぁぁぁああああああ!!⁉」

なのに、ロキは叫ぶ。

心底楽しくて仕方がないと言わんばかりに、相変わらずの人を馬鹿にしたような笑みを浮かべながら、喉をふるわせ叫び散らす。

直後、ロキを仕留める為に踏み出した〝首無し騎士《デュラハン》〟の足下に展開される3個目の魔法陣。

その言葉がトリガーとなり、〝首無し騎士《デュラハン》〟が踏み抜いてきた設置魔法に加えて今踏み抜いた魔法陣。合わせて3つ。

「――――――〝三点封陣〟――――――ッ!!」

それらが一斉に発光。設置魔法が展開される。

そこで漸く気づく。

ロキは嘘をついていたのだと。

機動力を、削《そ》ぐ?

……違う。あいつの狙いは、そんなもんじゃなかった。初めから、そう誤認させる為に、もっともらしい魔法を交ぜ込んで表向きソレだけを目に見える形で発動させていただけ。

そう、叫び散らしていただけ。

ロキの目的は、既に起動されていた魔法陣に紛れて仕掛けていた拘束魔法――――――〝三点封陣〟を使う事だけに初めから決まっていた。

指定の3ヵ所を一定時間内に踏み抜いた時だけ発動する最高に使い勝手の悪い拘束魔法。

ただし、発動条件がキツイ分、その効果は絶大。

その発動こそが狙いだったのだと気付いた時には既に、発光する魔法陣より這い出る無数の白の鎖に〝首無し騎士《デュラハン》〟は襲われていた。

「っ、ぐ――――ッ！　!?」

やがて鍔迫《つばぜ》り合《あ》いに耐え切れなくなり、後方へと勢いよく吹き飛ばされるロキの身体。

壁に打ち付けられ、ごはっ、と血反吐《ちへど》を吐き散らしながらも、そんな事知るか!!　と言わんばかりに腹から張り上げられた声が続け様に轟く。

「く、はハっ。さ、あ……！　準備は整った!!　良いとこ全部持ってけアレク・ユグレット――――ッ！　！　！」

それが――待ちに待った合図であった。

三十話　フロアボス⑤

「まか、せろ……ッ！！」

目の前には〝三点封陣〟をモロに食らい、無数に魔法陣より這い出てくる白の鎖に絡み付かれている〝首無し騎士《デュラハン》〟が一体。

敵の最大の脅威たる移動速度を封じた上で、最大出力でここに魔法を叩き込めと。

そう言わんばかりの光景が目の前に出来上がっていた。

ならば、やる事はただひとつ。

ここまでお膳立てされたのだ。

だったら──────。

「広がれ──────！！！」

場を見事整えてみせた上で、トドメを俺に委ねたロキの判断が間違いでなかったと、俺は証明しなくてはならない。

「────〝多重展開《アクセラレーション》〟────────！！！」

手にしていた〝古代遺物《アーティファクト》〟を収め、無手となった手のひらを敵に向けながら紡ぐ言葉。

本日2度目の〝多重展開《アクセラレーション》〟。

ズキリ、と鋭い痛みが頭に走るも、口の端をゆるく吊り上げ、それがどうしたと笑う。

精一杯の強がりを敢行する。

やがて、宙に広がるは金色の魔法陣。

その数は、天井知らずに増え続けていく。

空に撒かれた星が如き煌めきを伴い、その場に居合わせた全員の注意を否応なしに引き寄せる。

……折角、なんだ。

360度、すべて隙間なく覆ってしまえ。

最大出力で、最大規模で、そして最速を求めて、全力に、全開に、全身全霊に――――。

「ッ、グ、ァァァアアアアア――――ッ！！！！！！」

魔力を急激に消費させるという行為が身体に齎《もたら》す影響は甚大。霞《かす》む視界の中、行動を縛る白の鎖に抗わんと身体を上下左右に動かし、暴れ、ガシャン、ガシャン、と擦れる音を響かせて〝デュラハン《倒すべき敵》〟はもがいていた。

そして、予測不可能な最後の足掻きを試みる。

……しかし。

それでも、尚。

俺がやる事は何ひとつ変わらない。

だから、これでくたばってくれ。胸中で言葉を並べ立てながら俺は薄く笑った。

『……俺は、役立たずの元宮廷魔法師だぞ？』

せめて、せめて。

その自虐を「そんなの知るか」と躊躇なく跳《は》ね除《の》け、手を差し伸べてくれたヤツにまで失望されたくはなくて。

友人たちにまで、失望されたくはなくて。

故に後はその己の心を、感情を、気持ちを形に変えるだけ。

だから、視界に赤が入り混じろうとも。

立っている感覚さえも曖昧になろうとも。

「そんなのハ、関係、なイんだよな」

俺の限界以上を、今この瞬間に掴み取れてしまった理由は、たったそれだけの事。

そして、敵を覆うように、虚空に30を超える魔法陣が描かれた。

「……くたばれ」

残すはあとひと工程。

そんな折、ふらり、と身体が揺らぐ。

4本足の〝化け物〟との戦闘。そして先の近接でのやり取り。それらで蓄積した疲労が一斉に波となってどっ、と押し寄せた。

でも、それでもと口を開き、そして仰向けに倒れながら、

「────〝雷鳴轟く《サンダーボルト》〟────!!!!」

これでもかと言わんばかりに喉をふるわせ、屈託のない笑みを浮かべながら叫び散らす。

直後、迸《ほとばし》る一筋の雷光。

それは2、3、4、5と瞬く間に数を増やし、そして1本の線の攻撃である筈の雷光は面となって逃げ場を塞ぎ、雨霰と殺到を始める。


『――ボク達は、他でもないアレク・ユグレットを必要としてるんだ』

『――良いとこ全部持ってけアレク・ユグレット――――!!!』


「……はっ」

過《よ》ぎる言葉。その数々。

お前は、必要ない。「役立たず」が。

……ヨルハやロキ、そしてオーネスト達の言葉が4年もの間向けられ続けていた言葉を上塗りしてゆく。塗り潰してゆく。

「……やっぱり頼られるってのは、悪くないなあ」

立て続けに響く轟音。

空気が爆《は》ぜたと錯覚する程の衝撃音を耳にしながら浮遊感に包まれ、俺は背中から地面に倒れ込んだ。

「頼る頼られるじゃなくてよぉ。４人で、ダンジョンで馬鹿騒ぎする。の、間違いなンじゃねえか？」

やがて、映り込む人影がひとつ。

仰向けに倒れる俺を覗き込むように、そいつは見下ろしていた。

「なあ？　アレク」

「……オーネスト、お前、俺が倒れるの黙って見てたな」

手を貸してくれても、バチは当たらないと思うぞ。と、言外に訴えてやるも、「さて、どうだったかねえ？」と態《わざ》とらしく恍《とぼ》けられる。

「とはいえ、こりゃ何処からどう見ても〝勝負〟はオレさまの勝ちだよなぁ？」

にまにまと。

短くない付き合いだからこそ分かる正真正銘の屈託のない笑みをオーネストは浮かべていた。

未だ鳴り止まずに続く〝雷鳴轟く《サンダーボルト》〟の轟音に紛れながらもその〝勝負〟という言葉はすんなりと俺の頭の中に入り込んでくる。

「…………あッ」

やる事はやった。

俺に出来る事は全てやり切った。

……そんなノリで倒れ込んだはいいものの、完全に〝勝負〟の事が頭から抜け落ちていた。

ルールはただ一つ。

先にぶっ倒れた方が負け。

「罰ゲーム。これを忘れたとは言わせねえぜ?」

「ぐッ」

ま、アレクが約束を違えるようなヤツじゃねえ事は知ってるンだぜ? オレさまの知ってるアレクは潔いヤツだとも。あーだこーだと理由をつけて逃げようとするヤツじゃあねえとも。

……などと言葉を並べ立て、逃げ道を塞いでいくあたり、性格がクソとしか言いようがない。

一言で表すと、最悪である。

しかし、この勝負を言い出したのは元はといえば俺自身。故に、甘んじてこの罰ゲームは受け入れなくてはならない宿命にあった。

「だがまあ、オレさまも鬼じゃねえ」

何を思ってか。

そんな言葉がオーネストの口から続いた。

「結果的に、今回はアレクに不利な〝勝負〟になっちまってる。つーわけで、だ。特別に罰ゲームは軽いもんにしといてやるよ」

目を細め、柔らかな笑みを浮かべてそう発言するオーネストであるが、彼の瞳の奥にはどうしてか、目に見える表情とは別の感情が湛えられているような。そんな気がした。

「だから——————」

そして、

「────4年前みてぇな隠し事は、もうナシだ。クラシア《潔癖症》でも、ヨルハでも、オレさまでもいい。悩みがあるンなら、必ず3人のうちの誰かに打ち明けろ。一人で抱え込むな。分かったか？これが、てめえへの〝罰〟だ」

砂糖よりも甘ったるい〝罰〟が告げられた。

「はっ、……軽いにも、程があるだろ」

「あン？　なら、うんと重いヤツにしてやろうか？　ああ？」

「……勘弁してくれ」

「だろう。だろう。オレさまの寛大な心に枕を濡らして感謝するンだな」

「……そうするわ」

下手に何か言ってうんと重い〝罰〟に変えられる事だけは避けなければならない為、ここは素直に頷いておく事にする。

そんな、折。

「……いやいやぁ、お疲れ様ぁ」

すっかり元気が削がれ、疲労感がこれでもかと言わんばかりに滲んだ声が割り込んでくる。

糸目の見慣れない男性に肩を貸して貰いながら近付いてくる声の主──ロキはオーネストと同様に俺の様子を覗き込んできた。

「かれこれ色んな魔法師を見てきたけど、一度にあれだけ同時に展開出来る魔法師は初めてだったよ。お陰で倒せた。きっとキミじゃなかったら、今頃第2ラウンド始まってたかも」

そう言って顔を動かしたロキの視線の先には、白い鎖に捕われながらも、ゆっくりと風化を始めていた〝首無し騎士《デュラハン》〟だったものが映り込んでいた。

「あの量で、ギリギリだった。いやあ、あの俊敏性に加えて耐久性も一級品とか反則だよね、反則。……僕はもう二度と戦いたくないや」

げっそりとした表情を見せるものの、何処となくロキにはまだ余裕があるような、心なしそんな気がした。

「ああ、それと。アレクくんに貸してあげてた〝古代遺物《アーティファクト》〟。あれ、あるじゃん？　リーダーがさ、キミにあげるって。今回助けてくれたお礼に、プレゼントするってさ」

これでいいんでしょ？　リーダー。

と言って、ロキは己が現在進行形で肩を貸して貰っている相手である糸目の男に話を振る。

「ええ。それで問題ありません。勿論、これはただの気持ち。オーネスト君の要求も、私が責任をもって果たすと約束しましょう」

「こっちの〝クソ野郎〟じゃなく、あんたがそう言うならそれが本当なンだろうなあ。……オイ、アレク。その〝古代遺物《アーティファクト》〟は気兼ねなく貰っとけ。〝クソ野郎〟の言葉だと裏がある気がして信じられねえが、こっちのリウェルが言うなら問題ねえ」

リウェル。

恐らくそれが視界に映り込む糸目の男の名であり、ロキが所属するSランクパーティー〝緋色の花《リクロマ》〟のリーダー。

〝古代遺物《アーティファクト》〟の話題が出るや否や、ロキにそれを返そうとしていた俺の行動を制止するようにオーネストは言葉を口にしていた。

「そんなに僕ってば信用ないかなあ」

「ねえな」

「ありませんね」

「ないと思う」

「あれ！　もしかして僕の味方ここに居ない⁉」

頼みの綱らしきリウェルからも即答で信用ないと言われるあたり、誰彼構わずロキは嘘を吐きまくっているのだろう。

その姿はびっくりするほど鮮明に、脳裏に浮かび上がってきた。

「ま。そんなどうでも良い事は一旦置いておくとして。……この度はありがとうございました。それと、————良いパーティーですね」

流石はリーダーと言うべきか。

ロキの扱い方を完全に心得てしまっているリウェルの視線は既に、俺とオーネストへ向けられていた。

「僕はどうでも良くないと思うんだっ‼」と、声を荒らげるロキを無視して会話が進む。

「はんっ」

そしてオーネストは、鼻で一度笑う。

何を当たり前の事をと言わんばかりに不敵な笑みを浮かべていた。

「当ったり前だろ。何せオレらは、『伝説』のパーティー〝終わりなき日々を《ラスティングピリオド》〟なンだからよ

――――」

三十一話　ヨルハと二人

＊＊＊＊

「────フィーゼルには、もう慣れた？」

Sランクパーティー〝緋色の花《リクロマ》〟の救出の為、〝タンク殺し〟と呼ばれるダンジョン。その64層に向かってから早、1ヵ月が経過した頃。

雲ひとつない空の下。
くあっ、と気怠《けだる》げに欠伸《あくび》をした折に、すぐ側からそんな質問がやって来た。

「お陰様で」

「なら、良かった」

そう言って、隣を歩くヨルハは満足そうに花咲いたような笑みを浮かべる。

『────オレさまはパス。ヨルハに頼め』
『────あたしもパス。ヨルハに頼んで』

フィーゼルを案内してくれ。

結果的に64層の攻略が済んでしまった翌日に、俺がそう言ってみたもののオーネストとクラシアからは即座に断られた為、暇を見つけては唯一拒まれなかったヨルハに案内をして貰っていた。

そして今日が、その暇なうちの一日。

「……にしてもあの二人、薄情に見えるけど、その実すごい気遣い屋だよね」

「……まぁな」

唐突に振られる話題。

あの二人が指す人物は、間違いなくオーネストとクラシアの事だろう。

そして、これから続けられる言葉についても何となく理解が及んだ。

「ああは言ってたけど、きっと二人はボクに譲ってくれたんだろうね」

何を。とは言わない。

案内する機会を。二人になる機会を。

そんな言葉が反射的に脳裏に浮かんできたけれど、俺もあえて、それを口にする事はしなかった。

「あの時ボクは、言葉では納得をしてる風に言ってたけど、本音を言うと納得なんてこれっぽっちもしてなかった」

オーネストやクラシアはそれがアレクの意思であるなら。そう言って割り切って納得してたけど、ボクだけが最後まで納得してなかった。

と、言葉が付け足される。

「周りからはそうは見えないらしいけど、ほら、ボクってばこの4人の中じゃ一番我儘だし」

「それは、知ってる」

「……あは、は。だよ、ね。アレクは、知ってるよね」

6年も一緒にいたんだ。

そんな事は改めて言われなくても、知っている。

そして、一番我儘で、一番我慢強いヤツがヨルハって事も。

「だから、ボクはみんなでいたかった。どんな形であれ、みんなと。あのメンバーで、馬鹿やっていたかった。その気持ちは昔も今も変わってない。でも、あくまでそれはボクの気持ち。どんな理由があれ、無理強いだけはしたくない」

……ごめんね。こんな狡い言い方をして。

それは、すぐ側にいて尚、聞こえるか、聞こえないかギリギリの細声であった。

「だから、もう一度だけ返事が欲しいんだ。王都にいたあの時は、アレクの弱味につけ込む形になっちゃってたから」

次いで、華奢《きゃしゃ》なヨルハの腕が俺に向かって差し伸ばされる。

「…………」

一連の行動で、漸くヨルハが何を言いたいのか。それを悟る。

……本当に、律儀というか。何というか。

本人は狡い。などと言葉を漏らしていたけれど、ここまで真っ直ぐな人間もそうはいないと思う。

きっと、だから。

俺も包み隠さず言おうと思った。

ここまで真摯に向き合ってくれている人間の前で、隠し事はフェアじゃない。

たとえそれが、相手にとって取るに足らない感情であろうとも、話すべきだと思った。

「……正直、未練が無いと言えばそれはたぶん、嘘になる」

1ヵ月。

この話題を振るにあたって、それだけの期間を置いてくれたヨルハの気遣いもあり、頭の中はあの時よりもずっとずっと整理されていた。

その上で、俺は言う。

「でもそれは、また宮廷魔法師として戻りたいだとかそういうものじゃなくて、遣る瀬《やせな》無いとか、情けないだとか、自分に対するそんな感情故のものだと思う」

何一つ成せなかった自分に対する怒りであり、そこから来る未練。

それ故に、追放されたから、はい、終わり。では他でもない自分自身が納得出来やしない。

だからこそ、ヨルハに対し俺はこんな返答をしているのだろうし。

「……だから、どんな形で終わる事になるとしても、俺はガルダナにもう一度向かうんだろうなって、思ってた」

あえて選んだ過去形の言葉に気付いてか。

ヨルハの眉根が不思議そうに微かに寄った。

「でも、考えれば考えるほど、どうしたら良いのかなんて分からなくなってくる。身も蓋もない事を言ってしまえば、俺は宮廷魔法師を夢見ていた人間じゃあないから、別に追放されたところで『それで』と思える俺も確かにいたんだ」

でも、かつての恩を返したい。

そして、オーネストではないが高慢ちきな貴族や、あの猪突猛進な王太子に対する苛つきをどうにかして少しでも払拭しておきたいと思う自分もいる。

バラバラだ。

バラバラ過ぎて、どれを取ればいいのか。

どれが正解なのかが分からない。

だから、

「――なぁ、どうしたらいいと思う。ヨルハ」

ヨルハに、相談する事にした。

俺の口から漏れ出た呟きは心底、意外なものであったのか。彼女は瞬きを1度、2度、3度と短い間隔で行い、此方を見詰めてくる。

「……あぁ、悪い。返事をするのが先だった。……俺の答えは変わらない。みんなが許してくれるのなら、また一緒に4人でダンジョン、攻略するか」

そして、差し出されていた手を摑み、握り返す。

「……うちは、原則脱退禁止だよ」

「そりゃ初めて聞いた」

「なにせボクが今、作ったからね。〝魔法学院《あの頃》〟とは違って、今はボクがリーダー。だったら、ボクがルールを決める。〝終わりなき日々を《ラスティングピリオド》〟は、この４人じゃなきゃ、あり得ない」

ぎゅっ、と強く手を握り締められる。

もう逃さないぞと、言わんばかりに。

「……肝に銘じとく」

「忘れたら地の果てまでオーネストに追い掛けさせるから」

「そりゃ、忘れられないな」

化け物に追い掛けられるより怖そうだ。

そんな感想を抱きながら、俺は笑い、握り締めていた手を離す。

「……それと、相談、してくれるんだ」

「一応これ、〝罰ゲーム〟でもあるしな」

悩みがあるンなら打ち明けろ。

それが、てめえへの〝罰〟だ。

64層にて、俺に言葉を突き付けてくれたオーネストの発言が不意に蘇った。

「〝罰ゲーム〟は絶対遵守、だったっけ。……なーんか少しだけ納得いかないけど、アレクがそれで相談をしてくれるのなら、それはそれで良いのかなあ」

少なくとも、胸の内に抱え込んだまま背を向けられるよりはずっと、ずっと。

哀愁混じる視線を前に、何とも言えない心境に陥り、俺は堪らず一度ヨルハから目を逸らす。

「で、どうしたら良いのか。だったっけ」

「……ああ」

「なら、一度みんなでガルダナ向かおっか」

何気ない口調で、当たり前の事を口にするかのようにサラリと発せられた。

今度は、俺が驚く番であった。

「でもきっと、オーネストも、クラシアも、ボクと同じ事を言うと思うよ」

『なら話は早《はえ》え。だったら、殴り込みに行くか。ガルダナに!!』

『……これだから短絡的な馬鹿は嫌いなのよ。そういうわけだから、行くなら3人でって事になるわね』

『あぁッ!?』

『……うるっさ』

この場にいない筈の二人の会話が、いとも容易く浮かび上がる。

そして、気付いた時には己の顔は綻んでいた。

「ボクにこうしてアレクは相談をしてくれた。きっと、それが答えだとボクは思うけどな」

「…………」

ヨルハのその発言に、俺は何も言い返せなくて。

「本当にどうでもいいって割り切れてるなら、そもそもアレクはこうして相談を持ち掛けては来なかったと思う」

……その通りだと、思った。

やがて俺は、手をズボンのポケットへ突っ込む。

じゃらり。

ロキから譲り受けた〝古代遺物《アーティファクト》〟であるブレスレットと擦れた事で金属音が小さく鳴り響いた。

そして手をポケットから引き抜き、取り出すは勲章のようなものが下げられたペンダント。

「……なにそれ？」

「宮廷魔法師としての身分証みたいなもんだ。事が唐突だっただけに、すっかり返し忘れててさ」

返し忘れていた事実に気付いたのは、既にガルダナを出た後であった。

どうせ、身分証代わりとはいえ、俺が追い出された事は既に通達がいっている筈。

だったら、どうせこのペンダント《身分証》も効力を失っている事だろう。

……ただ、捨てられなかった。

理由はまだ整理がついてないけれど、どうしてか、捨てられなかったんだ。

「……ま、返すついでに一言言ってやるくらいしても、バチは当たらないか」

もしかすると、「ペンダントを返す」というもっともらしい理由として使い、いつかまた、王城に赴きたい。

心の何処かでそう考えていたからこそ、手放せなかったのかもしれない。

「じゃ、みんなと話し合ってガルダナに向かう日程でも決めよっか」

……俺の事情にみんなを巻き込めない。

一瞬、そんな言葉が過《よぎ》りはしたけれど、それを振り払う。

一人で抱え込むな。

そう、オーネストと約束をしてしまったから。

「二人とも、ギルドの中にいてくれると話が早いんだけど、そう都合良く話は進んでくれないよね」

呟きながら、ヨルハは眼前にあるギルドへ足を踏み入れんと足早に歩を進め始める。

……ただ。

少し離れた場所からでも分かってしまう程に、ギルドの様子が普段とは明らかに異なっていた。

異様というか。静か過ぎるというか。

殺気立っているというか。剣呑《けんのん》、というか。

そして極め付けに、ギルドの前でギルドマスターであるレヴィエルが不自然に突っ立っていた。

間もなく、ギルドのすぐ側までたどり着き、先へ進もうとするヨルハに対して何故か、待て待て待てとレヴィエルが制止。

程なく俺も、ギルドにまだ足を踏み入れるなと言わんばかりに足を止められてしまう。

「……随分と捜したぜぇ。漸く帰って来やがった。おい、アレク。お前さんに、客が来てんぞ」

疲労感がこれ以上なく滲んだ声音であった以上に、その予想外の発言に気を取られた。

「客……？」

「おうよ。中で待たせちゃいるが、先に言っとくと、お前さんからすりゃロクでもねぇ待ち人だと思うぜ」

三十二話　ヴォガン・フォルネウスという男

――――待ち人。

レヴィエルのその言葉に対して、無性に嫌な予感のようなものを覚える。

ただ、どう見ても逃げられるような雰囲気ではなく、向けられるレヴィエルの瞳は、早く何とかしてくれと急き立《せた》てているようでもあった。

だから、不思議そうな表情を浮かべ、立ち止まるヨルハの側を通ってギルドへと俺は足を踏み入れた。

「――――――」

らしくない空気だった。

普段は喧々《けんけん》としているギルドが、シンと静まり返っている。

そしてその理由は、俺の意思を度外視してすぐに理解させられた。

「…………」

逆立つ黒に染まった髪。

猛禽《もうきん》類を想起させる獰猛な瞳。

そして獅子《しし》を彷彿《ほうふつ》とさせる、精悍な相貌。

身に纏う深緋《ふかひ》のコートは、とてもよく似合っていた。

……ただ、巌を思わせる大きな体軀。

筋骨隆々と言って差し支えないその身体は、あまりに貴族らしさとはかけ離れていて。

「……お久しぶりです。ヴォガン卿」

……なんで貴方がここにいるんだ。

まっ先にその言葉を言わず、飲み込んだだけでも良くやったと自分を褒めてやりたかった。

そして、目の前で立ち尽くす男の名を俺は知っていた。

フォルネウス公爵家が嫡子。

ヴォガン・フォルネウス。

ガルダナ王国が擁する貴族家の中でも最上位。宮廷勤めであった俺だからこそ、彼とは何度か面識があった。

故に、その名前はするりと口からこぼれ出てきていた。

「……何故、教えなかった?」

唐突に投げかけられる言葉。

それは疑問だった。

「身の程を何故教えなかった？　それとも、お前はアイツを殺したかったのか？」

抑揚のない声が続く。

恐ろしいまでに感情が籠っていない冷えた声音が、俺に向けられていた。

ただ、淡々と無感情に言葉を並べ立てているだけ。なのに、少しだけ額に脂汗が浮かんだ。

ヴォガン・フォルネウス。

彼は俺が知る限り、ガルダナの貴族の中で一番腕が立つ人物。そして、関わりは殆ど無かったが、俺と同じ宮廷魔法師であった男であり、色んな意味で貴族らしくない人間だった。

「……俺が言って、聞くような人間ですかね。殿下は」

唐突過ぎる出来事。

後ろで控えるヨルハはどういう事なのかと顔を顰めているが、その問いを解消する余裕は今の俺には無かった。

ヴォガンが俺にそんな質問を向けてくるという事は、俺がパーティーから追い出されたあの後、王太子であるレグルスは何らかの良からぬ事態に陥った可能性が極めて高い。

そうでなければ、「殺したかったのか」なんて言葉が向けられる筈がないから。

「……それもそうか」

一応の確認。であったのかもしれない。

険が入り混じる相貌から、否応なしに感じられる鋭い威圧感に似たナニカが若干緩んだような気がした。

「一つ、お伺いしてもよろしいでしょうか」

それを言いに、わざわざ俺の所在を調べ、ここまで赴いたとは幾ら何でも考え難い。

何せ、俺の目の前にいるのはあのヴォガン卿。

〝ど〟が付くほど面倒臭がり屋の、ヴォガン・フォルネウスである。

そんな彼が、使いっ走りのような役目を引き受けるとはとてもじゃないが、俺には思えなかった。

ただ、それでも。

「俺が抜けた後、パーティーに加わったのは貴方ですか。ヴォガン卿」

彼が赴いた理由より先に、この事を聞いておきたかった。

レグルスはあの時、別れ際に言っていた。

優秀な宮廷魔法師を迎え入れると。

……俺の知る中で、王都ダンジョンの30層を単独で攻略出来てしまいそうな魔法師はといえば、目の前の彼、ただ一人。

だから、俺の後釜がヴォガンでなかった場合、最悪既に命を落としている可能性すらあった。

「……ああ。貧乏クジを引いてきた。面倒臭い事この上なかった。思い出しただけで欠伸《あくび》が出る」

くぁっ、と心底面倒臭そうに欠伸をするヴォガンの答えは肯定。

「……そして、今もな。ある程度の傷は良い薬と思ったが、どうにも劇薬過ぎたらしい。……全く、おれが言い出した事とはいえ、下手な事を言うんじゃなかった」

気怠げな表情が向けられる。

「どういう事ですか」

「……どうもこうもない。言葉のまんまだ。おれを憂さ晴らしに使おうとするクソガキに、わざわざ説教を垂れてやったらこのザマだ」

クソガキとは恐らく、レグルスの事だろう。

仮にも王太子殿下という地位の人間に対して、「クソガキ」と呼んでしまうのは世界広しとはいえ、きっとヴォガンくらい。

「……お陰で、ここに来るまでの護衛を無理矢理させられた。鍛錬まで何故か半月もおれが付き合わされた。こりゃ、来年には隠居だな。やってられん」

理解不能な言葉が次々と羅列される。

ここに来るまでの護衛。

半月の鍛錬。それに付き合った。

ゆっくりとヴォガンの言葉を嚙み砕いてゆき、理解を深めてゆく。

やがて、もしやヴォガンはレグルスの事を————。

と思ったところで思考に声が割り込んだ。

「……認められないそうだ」

それは、代弁するかのような物言いだった。

俺の姿を射貫《いぬ》くその瞳は、心境を見透かしているようでもあって。

「……たとえ王の考えであろうと、諫《いさ》められようと、その言葉に、どれだけの正しさが含まれていようと、自分だけは何があろうと認められないそうだ」

ヴォガンが面倒臭がったからなのか。

その言葉には致命的なまでに主語が欠けていた。だから何の事なのかが上手く理解出来なくて。

でも、その言葉が何かしらの意地を貫こうとした上での言葉である事は不思議と分かってしまった。

やがて、懐へと手を伸ばしたヴォガンから、封のされた手紙が差し出される。

表に見えるは見間違えようもない王家の紋。

レグルスが俺宛に手紙を出すとは考えられない為、残る可能性はただ一つ。

「……勅命ですか」

そう問うと、ヴォガンは首を左右に小さく振った。

「……おれは嘆願と聞いている」

「嘆、願、ですか……？」

てっきり、俺の追放はレグルスの暴走だから。

そんな理由を付けた上で、宮廷魔法師としての俺に勅命かと思えば、返ってきた言葉はまさかの、嘆願。

青天の霹靂《へきれき》でしかないその返事に、俺は瞠目。

そしてやってくる空白の思考。

頭の中が一瞬、真っ白となった。

「……恥を忍んで頼みがあると。そう言って、お前にこれを渡して欲しいと、王から頼まれた」

何となくではあるが、話が見えてきた。

「殿下も、フィーゼルにいるんですか」

「……察しがいいな。いや、ここまで言えば誰でも分かるか」

「殿下の事を頼む。そんなところですかね」

「……嫌なら断っても構わないと聞いている。王は、負い目がある相手にまで無理強いをさせる気はないと言っていた」

差し出された手紙の中身は、簡単に想像がついた。何より、場が整い過ぎている。

そして恐らく、ヴォガンの言葉はその場凌《しの》ぎの取り繕いではないのだろう。

というより、俺が知るヴォガンという人間はそういった気回しをするような人物ではない。

……なら、答えは決まってる。

それに、良い機会であるとも思った。

何か一言言ってやる。

少し前までちょうどそう思っていたところであったから。

「……殿下はどこです」

「……あれは、〝ギルド地下闘技場〟と言ったか。クソガキならそこにいる。治癒の件をほったらかしにしていた事を引き合いに出した途端、あそこの男が二つ返事で貸してくれてな。物分かりの良いヤツで助かった」

そう言ってヴォガンの視線が俺からレヴィエルへと一瞬だけ移動する。

治癒の件とは一体何の事なのだろうか。

そんな疑問を抱きはしたものの、気にしても仕方がないかと割り切り、彼方へ追いやる。

「……そう、ですか」

ヴォガンから差し出された手紙を受け取らずに、俺は初めてフィーゼルに訪れた際に案内された〝ギルド地下闘技場〟へ向かって一歩踏み出した。

既に内容は把握した。

だったら、中身を見るまでもない。

「ちょうど、俺も殿下には言いたい事があったんです。だから何を言いたくて、どんな事情で俺を捜してフィーゼルまでやって来たのかは知りませんが……そのお話、引き受けさせていただきます。みんなをわざわざ俺の事情でガルダナにまで連れて行くのは申し訳ないと思ってたところでしたから」

そして、一歩。

また一歩と前へ向かって進んでゆき——ふと、ある事を思い出して、その足を止める。

「また忘れるところだった」と呟きながら俺はポケットへと手を突っ込み、ある物を掴み取って後ろを振り返りざまに、ヴォガンへ向かって放り投げた。

宙に舞うは、金色のペンダント。

吸い込まれるように、ソレはヴォガンの手元にぽとりと落下した。

「ヴォガン卿。陛下にお伝え下さい。４年間、お世話になりましたと」

これで完全に、宮廷との縁はなくなった。

「色々と清算してくるわ、ヨルハ」

未だ何が何だか満足に理解が出来ていないヨルハに向けて、一方的にそれだけを告げ、俺はその場を後にした。

三十三話　認められるものか

かつん。

かつん。と、足音がいやに反響する。

〝地下闘技場〟へ続く道。

ただ、その足音は一つだけではなかった。

「……あのクソガキも、阿呆な奴だ」

背後より聞こえてくる声。

そこには同情、憐《あわ》れみ。そういった感情がこれでもかと言わんばかりに込められていた。

「……認められないなら、証明しろ。それがただ一つの解決策。そうは言ったが、まさかこうなるとは初めは思いもしなかった。ただの時間の無駄だろうに。くだらない」

そんな言葉を吐き捨てたのは、ヴォガンである。

てっきり、ついて来ないのかと思えば、「いざという時、おれが止めろと命令を受けててな」なんて言葉と共にヴォガンは俺の後ろをついて来ていた。

「……そう、ちゃんと教えてやったというのに、当の本人は聞く耳をまるで持たない。アレはただの阿呆だ。……が、アレもアレで一応はプライドがあるんだろうな。おれには到底理解出来んが、何があろうと覆す訳にはいかない価値観のようなものが」

怠惰を好むヴォガンからすれば、何であろうと楽が出来るのならどうでもいい。

そんな考えを持っているからこそ、見えない何かに拘《こだわ》ろうとするヤツの気がしれないと言い放つ。

だけれど、

「それが、貴族というものでしょう」

「……面倒だな」

「……貴族である貴方がそれを言いますか」

「……おれはおれの生きたいように生きているだけだ。貴族らしさなぞ知らん」

ヴォガンはきっぱりと切って捨てる。

誰も彼もが、彼のような思考であったならば、きっともう少し生きやすい世の中であった事だろう。

そして見えない何か。

それを一言で表すとすれば、きっと虚栄に包まれた自尊心。そんな言葉がお似合いだ。

しかし、絶対的な強制力は無いにせよ、周りから煽《おだ》てられ続け、己は選ばれた人間である。そんな選民思想を十数年間自分自身に刻み付けてきた人間の価値観は早々変わるものでは無い。

4年もの間宮廷にいた俺だからこそ、誰よりもその事実に対しての理解があった。

——認められないそうだ。

それもあって、紡がれたヴォガンのその一言に対して、不思議と納得してしまった。

殿下《彼》ならば、きっとそう言うだろう。

真っ先にそう思えてしまったから。

「しかし、どうして殿下は〝ギルド地下闘技場〟に？」

他にも場所はあっただろうに。

そう思っての発言だったけれど、お前は何を言っているんだと言わんばかりに呆れの含んだ声音で返事がやって来る。

「……〝闘技場〟だ。あえて聞かずとも、やる事なぞ決まってるだろうが」

「……正気、ですか？」

ヴォガンの言葉の真意を測りかねていた。

〝闘技場〟で行う事といえば、つまりは仕合。

けれど、その結果は火を見るより明らかだ。

そんな事はヴォガンにだって分かっている筈。

「……既に言っただろうが。阿呆であると。おれには理解出来んが、それがアイツなりのケジメの付け方であり、意地の貫き方なんだろ」

最早投げやりであった。

そうして、そうこう言ってる間に辿《たど》り着《つ》き、道が開かれた。

眼前に映る光景は、すっかり整地された〝ギルド地下闘技場〟。

ぽつりとそこで佇む一つの人影。

後ろ姿とはいえ、見間違う筈もない。

彼は、ガルダナ王国が王太子。

レグルス・ガルダナであった。

やがて十数秒と沈黙を経たのち、漸く此方を振り返った彼と俺の視線が交錯する。

「……父上は、言っていた。現状を変えなければならないと」

唐突に告げられる言葉。

ただ、その言葉は俺に向けられたものというより、抱いた感覚としては、独り言に近かった。

「父上の言葉だ。だから、それが正しいのだろうと思う事にした。変える必要はない。そうは思えど、これは父上の言葉。ならば、それが正しいのだろう。僕はそう、思う事にした」

己に言い聞かせるように、反芻《はんすう》を繰り返す。

そのレグルスの様子は、まるで自身に暗示を掛けているようにも見えた。

「ただ、僕が妥協出来たのはそこまでだ」

俺を見詰める瞳に熱がこもる。

血走った。

そんな表現が、今は何よりも的確であると思った。

「父上を含め、一定数の人間はかく語る。平民と、手を取り合えと。平民共の能力は捨て難いものであると。……僕達は、生まれながらにして、選ばれた人間だ。そう、言っていたじゃないか……！　教えてくれたじゃないか……！　なのに、なのに……‼　アイツらときたら……ッ、貴族としての誇りすら見失っている馬鹿がいる。父上も、お変わりになられた」

腹の底から、レグルスは怒っていた。

額に血管を浮かばせ、身体を震わせながら胸に抱く憤怒を吐き出す。

「何故分からないッ⁉　何故変わる必要がある⁉　何故だ、何故だ、何故だ！！！」

がむしゃらに。

乱暴に言葉をただただ言い募る。

まるでそれは子供の癇癪のようでもあって。

最早それは、意見にすらなっていなかった。

「……そして、その挙句、国を変える踏ん切りを付けるために僕を利用していた、だ？　……百歩譲ってそれは、良い。だが、平民と僕らは違うのだと教えて下さった父上が、何故、今になって意見を変える……？　責めたいなら好きなだけ責めろ？　幾らでも頭を下げる？　……そうじゃない。そうじゃないんだ。僕が求めている言葉は、そうじゃない」

ゆっくりと。ゆっくりと。

声を震わせながらも紡がれてゆく言葉。

……一言にとどまらず、レグルスには色々と言ってやるつもりだった。

なのに、その様子を前にして俺はただ口を真一文字に引き結んで聞くことしか出来ずにいた。

「だっ、たら、僕の生きてきた15年はどうなる。全てが嘘だったと？　全てが偽りでしかなかったと？　全てが間違いであったと？　それを僕に認めろと？　……ふっ、ざけるなあぁあああああああ!!!!」

一方的に、レグルスは俺に向かって言葉を叫び散らす。そして、支離滅裂に口にされた言葉の全てが彼の本心であると何故か理解出来てしまう。

一見、独り言のように思えるその荒々しい言葉の怒りの矛先が、俺に向いている事も。

この顚末《てんまつ》だけは何があろうと許さないと。

場を捩じ伏せんとばかりに発せられた言葉がいやに耳に残った。

「……認めるものか。誰が、認めるものか」

「何を」

一向に核心を突かず、何が言いたいのか曖昧だった発言の数々に対して俺はここで、初めて言葉を返す。

……ただ、彼がここまで怒りをあらわにしている理由は、何となく予想がついていた。

これまでのヴォガンとのやり取り。

そして嘆願という王からの手紙。

レグルスのこの荒れよう。言葉の端々から感じられる憤怒と、継《つ》ぎ接《は》ぎの発言。

導き出される答え。

それはきっと、彼は否定されたのだ。

どんな理由があってなのかは知らないが、それでも抱く価値観を否定されたのだろう。

誰よりも、否定されたくなかった人間に。

「……決まっているだろうが。お前のような、ヤツをだ……ッ」

ずんずん、とレグルスは俺との距離を詰めてきて、やがてその距離はゼロへ。

次いで、ガッ、と胸ぐらを強く掴まれた。

「お前には分からないだろうな。僕の気持ちなぞ」

「……知らねえよ。あんたの気持ちなんざ、俺は分かる気も、そもそも分かりたくもない」

遠慮をこの時この場に限り、取っ払う。

「あんたが何を言われて、何をして。そんな事は俺は知らない。知る気もない。……ただ、それでも一つだけ言ってやる。少なくともあんたは、あんたのその考えは、間違ってる」

レグルスに譲る気が一切ないという事は、一目で分かった。それでも、これだけは言わないと俺の気が済まなかった。

やがて、わなわなと俺の胸ぐらを掴む手が震え始める。

「……言葉に従えなんて言うつもりは毛頭ない。でも、だけれど、少なくとも声は聞き入れるべきだった。聞き入れて、欲しかった。そうすれば、また違った『今』がきっと存在していた」

たぶん、ヨルハやオーネスト。クラシアのお陰。あいつらとの時間があったお陰で、激情に駆られる事もなく言葉を紡ぐ事が出来ていた。

自分でも驚くほど、冷静だった。

「……戯言《ざれごと》を聞き入れろと？　ふざけるな」

平行線。

どれだけ言葉をこれから尽くしたとしても、この平行線に変わりはないだろう。

なにせ、埋められない何かが俺達の間には確かに存在していたから。

「僕は、変わらない。認めない。そもそも、変える必要なぞ何処にもない。だから、それを証明し、て、や、る」

そうして手は離され、間合いをはかるように、再びレグルスは俺と距離を取り始めた。

「いいか。約束は、守れ。ヴォガン卿」

後ろで腕を組み、直立不動で俺達のやり取りを眺めていたヴォガンに対して、唐突にレグルスが声を投げ掛ける。

ヴォガンには背を向けている為、俺にはその言葉に対する返事は分からない。

少なくとも、言葉は返ってこなかった。

「父上は言った。これからは、お前のような人材を受け入れていくのだと。しかし、僕は不要と断じる。だからこそ、証明する」

――――……認められないなら、証明しろ。それがただ一つの解決策。

〝闘技場〟に辿り着く前のヴォガンとのやり取りが思い起こされる。

つまり、レグルスはヴォガンの発言を認め、肯定したのだろう。

そして、

「だからこそ、此処で僕と立ち合え、アレク・ユグレットッッ！！！」

割れんばかりの怒号が、場に響き渡る。

それは、譲れない意地というヤツなのだろう。

「認められない。認められるか‼　僕は、間違っていない。間違っていないんだよ……ッ。だから、僕は‼　僕は、そのすべてを否定するッ‼　僕が間違っていないと、お前らに頼る必要なぞどこにもないと、証明をするッ！！！」

三十四話　意地

そうして、突き出される両腕。

レグルスの両手首には、見慣れた銀色のブレスレットが嵌《は》められていた。

その正体は、────〝古代遺物《アーティファクト》〟。

共にダンジョンに潜っていた時には手にしていなかった筈の彼が、そんなものを何処から引っ張り出してきたんだ。

そう言ってやりたかったが、声に出したところで目に映る現実が変化する事はない。

だから、口を噤《つぐ》み、その動作一つ一つを見逃すまいと注視する。

「────〝赤銀輝く《グラディオ》〟……!!」

程なく発せられるその言葉に反応し、レグルスの手元が発光。

眩しい輝きが収まった頃には既に、彼の手に対となる短めの剣が両手に1本ずつ握られていた。

「……双、剣……?」

「……何を驚く必要がある。〝古代遺物《アーティファクト》〟を見た事がないわけじゃないだろうが」

……違う。そこじゃない。

俺は決してそこに驚いたわけじゃない。

記憶が確かなら、レグルスの得物は長剣であった筈だ。それも、剣は貴族が振るうもの。嗜《たしな》み。

そんな見栄《みえ》を第一に据えていた筈のレグルスが無骨な双剣を手にしている事実に驚きを禁じ得なかった。

見せる泰然とした立ち姿に隙は感じられない。

そしてそれが揺るぎない本気度のあらわれ。

「…………」

てっきり文句を言いに来たものとばかり思っていた俺からすれば予想外も予想外。

まさか剣を手に、証明をするなどと言ってくるとは夢にも思わなかった。

「……何を、吹き込んだんです、ヴォガン卿」

炯々《けいけい》と滾《たぎ》る瞳から目を逸らし、尻目で俺のすぐ後ろで存在感の主張を続ける人物に対して言葉をこぼす。

こうなった原因を作った人間は間違いなく彼、ヴォガン・フォルネウスだろうから。

「……おれが言ってやったのは、自分の目で確かめた上で否定しろ。でなければ話にならん。ただ、それだけだ」

詳しくは答える気がないのだろう。

だから、仄《ほの》めかされた。

そんな感想を抱いた直後だった。

「王の言葉が認められない。他の奴らの言葉が認められない。……そう言うのなら。その考えを通したいのなら、必然、それが正しいと証明をするしかない。その上で、誰もに認めさせなくてはならない」

相手を否定するんだ。

だったらそれが、最低限必要な要素だろう。

と、ヴォガンの口から物事の道理が語られる。

「……あのクソガキは、貴族こそが優位であると説いた。平民の手なぞ借りる必要はないと、王の言葉を真っ向から否定した。そしてそれは他でもないあのクソガキの考えであり、意地。だからそれを通す為に、手前の身を使ってそれを証明しに、此処《フィーゼル》までやって来た。……だから何度も言ってるだろう。阿呆であると」

……確かに阿呆だと、そう思った。

口にこそ出さないけれど、胸の内でその発言にこれ以上なく同調する。

……頑固にも程がある。

「……だが、おれは嫌いじゃない。上でふんぞり返るだけの馬鹿は好きになれんが、少なくとも手前の意地を通す為なら、行動を起こせる馬鹿は面倒臭いものの、嫌いじゃなかった」

少しだけ、ヴォガンの声は弾んでいた。

「……だから、面倒臭い事この上なかったが、付き合ってやった。時間を割いて、剣を教えてやった」

身の丈に合わない長剣ではなく、小柄な体軀であっても満足に扱う事の出来る双剣を手にしている理由は、きっとヴォガンの教え。

「……なるほど。です、が」

理解はした。

ただあと一つだけ、未だ解消されない不可解な疑問が残っていた。

「どうして、俺なんでしょうか」

「────僕は、ダンジョンに挑んだ。30層に、この1ヵ月、ずっと挑み続けた……!!」

その疑問に対する返事は、ヴォガンの口からでなく、レグルスの口から聞こえてくる。

「……そうする中で、お前が残していたメモを読んだ。読み漁った。ああ、正しかった。正しかったさ……!!　あれには正しい事しか書かれてなかった!!　最適解しかなかった……ッ」

メモ。

一瞬、なんの事だと疑問符が浮かび上がったがそれも刹那。……30層攻略の為に用意していたメモの存在に思い至る。

「……腹立たしいが、『天才』だと思った。敵にとどまらず、僕の行動も含め、全てのパターンが書き記されていた。この状況に陥ったならば、間違いなく僕はその行動を選び取るだろうと、納得する部分ばかりだった」

そのメモの中身は、〝魔法学院〟に在籍していた頃に培った経験が多数を占めていた。

30層の攻略は当時の俺達にとっても鬼門だったから。だから、馬鹿みたいに時間を費やして、知恵を出し合って漸く踏破した階層の一つ。

故に、4人の考えがあのメモには詰まっていた。無駄なんて、ある筈がない。

「……だから、お前なんだ。お前を真っ向から否定するからこそ、意味があるんだ……ッ」

絞り出された言葉は、疑いようのないレグルスの本心。間違っても、取り繕っているとは思えない心からの叫びだった。

「……あまり僕を待たせるな。とっとと出して構えろ、『役立たず』。〝古代遺物《アーティファクト》〟、お前もあるんだろうが……!!」

視線は俺の手首に。

嵌められた銀のブレスレットに向けられていた。

あくまで、手を抜く事は許さないと。

その発言をあえて此処でするレグルスの意図が全くもって理解出来なかった。

勝ちたいのなら。否定したいのなら。

間違っても〝古代遺物《アーティファクト》〟を相手に使わせるべきではない。

そんな事は誰にだって分かる筈だ。

なのに使えと言う。

一体なぜ。俺のその心境を悟ってなのか。

「……まさか、使うまでもないとでも言いたいのか。使えば僕を殺してしまうとでも？ 使うなと、僕がそう言うと思っていたのか……？ ふざけるなよ。ふざ、けるな。お前如きが、『役立たず』風情が何で僕を下に見るんだ。見れるんだ。許さん。そんな事は、断じて許さない。出せ。それを使え。これはその上での立ち合いだ。拒絶は許さん……！！！」

言葉、その全てに疑問を差し挟む余地は与えんと言わんばかりに、まくし立てられた。

そして、指摘を受けて初めて気付かされる。

この期《ご》に及んで、俺が遠慮をしていたのだと。

もしかすると、がむしゃらに言い合える機会はこれが最初で最後になるかもしれないと言うのに、遠慮をしていた。レグルスからは、「見下し」に映ってしまうロクでもない遠慮を。

「……〝天地斬り裂く《シュヴァルト》〟」

下唇を一度、軽く嚙み締めてから静謐に言葉をこぼす。

そうして発光し、手に収まるは一振りの劔《つるぎ》。

ロキから譲り受けた〝古代遺物《アーティファクト》〟がその姿をさらした。

「そうだ。それでいい。そうでなければ、僕がここまで来てやった意味がない」

やがて理解をする。

〝ギルド地下闘技場〟に向かう最中、ヴォガンがいざという時、止めろという命令を受けたのはコレが理由であったのかと。

事実、それを証明するように後ろに控える彼からは、俺達がこれから起こそうとする行動を止める気配はこれっぽっちも感じられなかった。

「……意地、か」

自分にだけ聞こえる声量で、ぽつりとこぼす。

もしかすると、レグルスにとってこれは自分を繫《つな》ぎ止《と》める最後の頼みの綱。

……そのようなものなのかもしれない。

何より、あそこまで感情を爆発させ、あらわにする姿を俺は今まで見た事はなかった。

「……ヴォガン卿」

「……なんだ」

「最後に一つだけ、お聞きしたい事があります」

視線を、上へ。

言葉を向ける相手に背を向けたまま、俺は呟く。

「……殿下は、何を否定しようとしてるんですか。何を、認めようとしていないんですか」

散々並べ立てられていた支離滅裂で手前勝手な暴論の数々。それらから既に何となく、その問いに対する答えは得ていた。

でも、それに対する確証はまだなくて。

だから、確認を取る。

「……王は、宮廷を変えようとしている。平民だからと、全てを拒む今の風潮を変えようとしている。漸く踏ん切りがついた。そんな事も言っていたが、それを断固として認めないヤツがいてな」

「成る、程。やっと合点《がてん》がいきました。だから、陛下だけは俺に対して貴族らしくない態度だったんですね。そして俺は、その踏ん切りの為に利用されたと」

「……不満か」

「いいえ。逆です。理由は存じ上げませんが、意味が無かったと思っていたあの4年にそれ程までの価値を付けていただけるのなら、これ以上の喜びはないとさえ言えますよ、俺は」
そう言って、俺は笑った。
しん、と静まり返った〝ギルド地下闘技場〟にて、僅か十数秒ながら沈黙が降りる。
そして、
「……じゃあ、始めるか」
得物を握る手にぐっ、と力を込める。
次いで小さく息を吐き出し、前を見据えて俺は構えた。
その一連の行為でもって、準備が整ったと判断を下したのか。
ざり、と目の前から足音が立つ。
それが始動の合図となり、程なく耳を劈《つんざ》く衝突音が、周囲一帯に強く鳴り響いた。

三十五話　阿呆なクソガキ

＊＊＊＊

「────道理でギルドが静かなわけだ」

普段であれば、昼夜問わずに馬鹿騒ぎをしている連中が柄にもなく静まり返っていたその訳を目の当たりにしたからか。

そんな言葉が反射的に口から漏れ出る。

「貴族サマが絡むとだりぃのは共通認識。しかもやって来たのはヤバそうな護衛が一人と、王子サマが一人。流石にアイツらも黙るか」

忙しなく聞こえてくる足音。

時折鳴り響く金属同士の衝突音。

退屈そうにそれらを耳にしながら、今も尚、音を生み出す当人らの許可を得ずに〝ギルド地下闘技場〟へと足を踏み入れ、眺めていたオーネストは呟いた。

「なあ。折角だ。この４人で賭けでもしねえか」

「……それ、成り立つの？」

その発言に対し、彼と同様に足を踏み入れていた人間のうちの一人、ヨルハが苦言を呈する。

これからオーネストが口にする言葉を予想してか、それは成り立たないだろうと彼女は顔を顰めていた。

「……勝ち負けの賭けならお断りね。たとえ両手を縛って、その上で〝古代遺物《アーティファクト》〟と魔法を禁じて目隠しをするってハンデ付けられててもあたしは迷わずアレクに全賭けするわよ。……そもそもアレ、勝負にすらなってないじゃない」

そう答えたのは、クラシアであった。

「……クラシアの嬢ちゃんが言った条件の上で、ヨルハの嬢ちゃんの補助を一方的に受けて漸く、不利なテーブルにつく事が出来るんじゃねェか？　……だがそれでも精々が7、3だろうよ。今の状況じゃとてもじゃねェが話になんねェわな」

異常としか言いようがない数のハンデを背負ったとしても、それでも7割以上の確率でアレク・ユグレットが勝つ。

迷宮都市フィーゼルに位置するギルドにて、ギルドマスターを務めるレヴィエルのその評に、異を唱える声は聞こえてこなかった。

「天地がひっくり返っても勝てねェ。そりゃもう一目瞭然だ。……だから分からねェ。その事実を、あっちの護衛さんが理解してねェ筈がないっつーのによ」

あっちの護衛。

そう言ってレヴィエルが視線を向けた先には事の趨勢《すうせい》を黙って見詰める偉丈夫が一人。

ヴォガン・フォルネウスである。

「現実、アレク・ユグレットはオレらが来てからまだ一度も手を出してねェ。偶に剣で防ぎこそしてるが、殆ど見て避けてる。あんなん勝負じゃねェ。勝負にすらなってねェ。王子さまのあからさまな殺気がなけりゃ、ただの稽古にしか見えねェよ」

そんな、折だった。

「────……〝ど〟がつく阿呆だろう？　アイツは」

レヴィエルの視線に気付いてか。

閉じていた口を開き、ため息混じりにヴォガンがそんな言葉を発した。

やがて、じっ、と無言で佇んでいた筈のヴォガンはゆっくりとした歩調でオーネスト達の下へと歩き始めた。

「……おれは言ってやったんだがな。勝負らしい勝負にすらならないと」

威圧的な強面《こわもて》ではあるが、敵意らしきものが一切感じられなかったからだろう。

ヴォガンの接近に対して、特別オーネスト達が身構えるといった行為に移る様子はなかった。

「……なのに、あの阿呆は一向に聞く耳を持たなくてな。そのせいで、こうして来るところまで来た訳だ。全く、おれからすればいい迷惑だ」

彼の言葉には呆れこそ含まれてはいたが、嫌悪といった負の感情は含まれておらず、多少なりともレグルスに対する情が感じられる発言であった。

「……そうだな。阿呆っつーのはよく分かる。あンだけの実力差がある相手に殺意ばら撒くのはただの死にたがりか、知能がど底辺のバカと相場が決まってっからよ。だが、それよりもだ。……あのボケは、どのツラ下げて此処へやって来やがった？」

地を這うような低い声で、怒気すら滲ませ、オーネストが問いを投げ掛ける。

最悪、ここで戦闘に発展しようと構わない。

そう言わんばかりの態度であった。

しかし、

「……さてな。そんな事はおれも知らんし、そもそも貧乏クジを引かされただけのおれに聞くな。

そういった事は後で本人に聞け」

暖簾《のれん》に腕押しと言わんばかりに、知るかと言ってヴォガンはやり過ごす。

「……そうかい。そうかよ。だが、ここまできて知らねえで通ると本気で思ってんのか、あんた
……？」

今にも殴りかかりそうな雰囲気を漂わせるオーネストを見兼ねてか。「……面倒臭くなるから、
オーネストは黙ろうね」とだけ告げてヨルハがヴォガンとオーネストの間に割って入った。

「……オーネストじゃないんですけど、ボクからも一つ、質問良いですか」

それはオーネストの熱を抑える為のものなのか。はたまた別の目的があってなのか。

ヨルハは気怠そうな表情を崩さないヴォガンに対して言葉を投げ掛ける。

「貴方達は、アレクをどうするつもりですか」

その問いに、ヴォガンの眉が僅かに跳ね上がった。

「さっき、言いましたよね。勝負らしい勝負にすらならないって。なのに何で、彼をあえて此処へ

連れてきたんですか」

　向ける眼差しは、これ以上なく真摯なものであった。嘘偽りは許さないと言わんばかりのものであった。そこに潜む筆舌に尽くし難い圧を悟ってか。その時既に、頭に血が上っていた筈のオーネストは閉口していた。

「………」

　そしてヴォガンもまた、どう答えたものかと悩んでなのか。言いあぐねていた。

　やがて、

「……それを、あのクソガキが望んだからだ。おれが諭してやっても、それでも尚と望んだから連れて来てやった。それと安心しろ。おれ達にアレク・ユグレットをどうこうしようとする意思は誓ってない」

　それだけ告げて、ヴォガンはヨルハから視線を外し、今度はまたオーネストへと焦点を当てる。

　まるでそれは、先の言葉に対して返事をしてやると言わんばかりに。

「……あくまでおれの想像だがな、言葉では認められないだ、否定するだ。そんな事をあのクソガキは言ってはいるが、もう既にある程度本人も理解しているんだろうさ。だが、過去の自分の言動と、信ずる価値観が断固として認める事を許さない。……だから、コレなんだろうな。だから、恐らくあのクソガキはフィーゼル《此処》へ叩きのめされにやって来たんだろうな。それを、己なりの罰とする為に。……ま、あくまでもおれの想像だが」

　ただ、そうでもなければこの現状に説明がつかないような気もするがなと、付け加えられる。

〝魔法学院〟始まって以来の『神童』とまで謳われ、所属するパーティーは68層踏破という〝異常〟過ぎる記録を打ち立てた。

少なくとも、その片鱗《へんりん》はレグルスも目にした筈だ。なのに、それでも「認められるか」と叫び散らし、馬鹿正直に剣で挑みにやって来た。

勝てる可能性は万が一にもないとヴォガンが諭したにもかかわらず。

それは、何たる異常であるのか。

「……ただの笑い話だ。自分が無能と蔑み、蹴落としてやった人間が一番、手前の事を考えていて。自分を煽《おだ》てていた奴らは手前を扱い易い人間としか考えていなかった。その事実を知って、はてさて、一体どんな感情が残ったんだろうな」

淡々と、言葉が並べ立てられる。

クソガキの護衛がおれ一人しかいない理由はそんな事情あってなのさ。ああ、面倒臭い。

なんて言葉の後に、深いため息が続いた。

「……ま、おれはあくまでも第三者。事の真偽については一切知らん。故に、これはただの想像でしかない。とはいえ」

ヴォガンの視線がオーネストから外れ、今度は〝ギルド地下闘技場〟において一番忙しなく音が立っている場所へ向かう。

「じきに、あいつらの口から答えが聞けそうでもあるがな」

三十六話　『役立たず』とクソガキと

＊＊＊＊

「…………」

分からなかった。

俺には、レグルスが何をしたいのかが全く分からなかった。

雨霰と降り注ぐ罵倒に似た言葉の数々。

振るう刃に怒りを乗せて、乱暴に繰り出される攻撃。それらを躱し、時に剣で受け。

そうする中で悟ってしまった一つの事実。

恐らく、レグルス・ガルダナはこの立ち合いに勝つ気がない。

寧ろ、己が斬られる瞬間を待ち望んでいるかのような立ち回りを前に、俺の頭の中は疑問符で埋め尽くされていた。

絶え間なく響く、相手を倒そうと意気込む威勢の良い叫び声。

でも、そこには隠し切れない違和感があった。

言葉に変えるならば、それは空っぽな言葉の雨とでも言うべきか。

熱はあった。殺気はあった。感情もあった。

それでも、向けられる言葉の数々は空っぽだった。

「……なん、で、手を出さない……ッ!!　同情のつもりか……!?　ふざけるな、ふざけるな……！！」

口を歪めて苦しげに。

「僕がお前に何をしていた!?　なぁ!?　思い出せよ……ッ!!　無下にしただろう!?　軽んじただろう!?　馬鹿にしてやっただろう!?　それを思い出せよ!!　思い出せよ……ッ！！」

散々に声を荒らげていた事により、レグルスの声は嗄《か》れ始めていた。

だけど、それでも叫ぶ事をやめなかった。

怒る事をやめなかった。

これも、〝意地〟なのだと言わんばかりに。

嚇怒《かくど》の形相で。

額に血管を浮かばせて。

殺す気で剣を振るって。

罵倒して。俺を怒らせようと必死になって。

そして、怒ってる筈なのに今にも泣き出しそうなくらい、瞳を潤ませて。

それが、全てを台無しにしていた。

そのせいで、俺は手を出す事を避けていた。

……そんな奴を、誰が斬れるか。

だから、ただその時その時をどうにかやり過ごす事しか俺には出来なかった。

「なん、で、斬らない……!!　なん、で、ここまでしてやってるのに、思い通りにならない……ッ、なんで、お前までも僕をそんな目で見る……ッ!!　やめろ、やめろ……やめろやめろやめろやめろやめろ……ッ！！！」

最早その声は、慟哭《どうこく》に他ならなかった。

傲慢で、無駄に自信過剰な王子の姿は、そこにはなかった。

あるのはただ、駄々をこねる子供の姿だけ。

……俺の目にはそうにしか見えなかった。

続け様に、数十秒剣戟の音が鳴り響く。

でも、それを最後に、レグルスの攻撃の手がゆっくりと止んだ。そして、場に静寂が降りた。

「…………僕は、誰なんだ」

ぽつりと、弱々しいレグルスの言葉が聞こえてくる。一滴の微かな言葉から、次が溢れる。

同時、力強く握り締めていた筈の〝古代遺物《アーティファクト》〟が、彼の手からこぼれ落ちた。

「……僕が、一体誰なのかが、分からなくなった。何をするべきで、何をしなくていいのか。何が正しくて、何が間違っていて。何もかもが分からなくなった。そもそも、もう、何も考えたくなかった。自分を信じた結果が、このザマだ。でも、だけれど、それは正しい筈なんだ。正しかった、筈なんだ。……だから、お前に斬られるのも悪くないと思った。それならば、どちらに転ぼうと父上は考えを改めてくれるだろうと思ったから。僕らしく在れる唯一の方法だと思ったから」

勝てば、否定の証明となる。

仮に負けて、それで斬られる事になったとしても、その結果を目の当たりにした父上は、きっと意見を変えてくれるだろうから。

レグルスは本音を吐露する。

「……なのに、ここにきて、それが真に正しいのかすら分からなくなってきた。なあ、教えろよ。僕は誰なんだ。僕はどうするべきだったんだよ。教えろよ……教えろよ『役立たず』……ッ!!」

怒っているようにも思えるソレは、切実な訴えであった。絶叫であった。悲鳴であった。

……何がどうあって、レグルスがこのような状態に陥ったのか。それは知らないし、きっと俺はそれを知ったからと言って同情の念はこれっぽっちも抱かないだろう。

俺自身が、レグルスの考えは間違いであると心から思っているのだから。

「……どうしてその問いを俺なんぞに、投げ掛けるんですか」

問いに対して問いを返す。

それは本来、不躾としか言いようがない行為。

けれども、聞かずにはいられなかった。

あのレグルスが、平民如きでしかない俺にどうして〝答え〟を求めているのか。

それ程までに我を失っているといえば、話は自己完結した事だろう。

でも、それでもと俺は思った。

「……こんな、助けられてばかりの人生を歩んでる奴に聞いても、何一つ真面《まとも》な答えは得られないと思いますけどね」

自嘲する。

でも実際、あの時ヨルハと出会い、手を差し伸べられていなかったら。俺は今どうなっていたか。俺自身ですら想像がつかない。

やがて俺は、手にしていた〝古代遺物《アーティファクト》〟を収めながら、上を仰ぐ。

気付けば俺の口調は、丁寧なものに戻っていた。

「人の不幸を笑うつもりは毛頭ありませんが、面白いですね。人生ってやつは。俺は、殿下と言い合いをする気でいたっていうのに。クソみたいな汚い言葉を吐き合って、罵り合って。そんな結果が待ってると思った。何より、俺、殿下の事嫌いでしたから」

お互いに嫌い合っている。

ならば必然、喧嘩になる。

思い描いていたその帰結は、きっとオーネストや、ヨルハ、クラシアに、ヴォガン、レヴィエル。今現在〝ギルド地下闘技場〟に居合わせている連中に問うたとしても俺と同じ答えを口にした事だろう。そのくらい、明白な答えであった。

「だというのに、何故か俺はその殿下から人生相談を受けてる」

奇想天外もいいとこだ。

「…………」

レグルスからの返事はない。

斬れ斬れと俺を煽っていたのだ。

俺が彼に対して良い感情を抱いていない事はきっと、レグルスも分かっている。

「不思議な事も、あったものですね」

何となく、剣を合わせる前から違和感のようなものを感じ取ってはいたが、それがつい先程確固たるものへと変わった。

だから、俺は口の端をゆるく持ちあげて声を弾ませていた。

〝嫌悪〟を始めとした負の感情を、俺はレグルスに抱いていた。それは、今も変わらないし、碌《ろく》でもない扱いを受けた過去を忘れて水に流す。

なんて行為をするつもりは微塵も無い。

だとしても、ここで追い討ちをかけるのは違うと思った。そうするべきでないと思った。

だから、先の質問に対して俺なりの答えを返そうとして————。

「……わる、かった」

それを遮るように、思わず笑いが出そうになるほどあからさまに嫌そうな声が俺の鼓膜を揺らす。それは、謝罪の言葉であった。

ただ、それがあまりに意外な言葉過ぎてつい、呆気に取られる。

「……悪かった。これで、満足か」

その言い方から察するに、俺の先の言葉を皮肉であるとして捉えてしまったのかもしれない。

全くそんなつもりはなかった。といえば嘘になるだろうけれど、『役立たず』と散々呼んでいた人物に物事を尋ねるな。

俺が言外にそう訴えているとレグルスは受け取ったのだろう。

紛らわしい物言いをしてしまった事に対して、申し訳なさを感じつつも、

「……貴方が何者であるのか。一体、どの選択が正しかったのか。……そんな事は、俺の方がもっと分かりませんよ」

当人ですら分からない質問を他者でしかない俺に投げ掛けるなと本意を口にする。

「それらは間違っても、他人の意志に委ねるものじゃない。だから自分で見つけて、自分で選び取って下さい」

貴方が誰かの人形であるのなら、話は別でしょうが。

そう言って突き放してやると、目に見えてレグルスの顔が不機嫌そうにさらに歪んだ。

謝り損だ。

俺に向けて来る表情は、そう訴えているようにしか見えなくて。

「……チ、頭が冷えた。……僕は何でこんなヤツに話したんだか」

舌を一度、軽く打ち鳴らし、落としていた〝古代遺物《アーティファクト》〟をレグルスが拾う。次いで、それを収めながら俺の側を無言で横切り、通り過ぎた。

……勝手に吹っかけてきておいて。勝手に、満足したのか。

それ以上は何も言わずにレグルスは俺の視界から外れた。

「……アレを寄越せ、ヴォガン卿。どうせあいつは受け取っていないんだろう?」

そのまま俺の前から消えるのかと思ったが、それはどうやら違うようで、レグルスの声が俺の鼓膜を揺らす。

「……おい。アヽヽレヽヽク・ユヽヽグヽヽレヽヽッヽヽトヽヽ」

名を呼ばれ、振り向くと視界に〝ギルド地下闘技場〟に向かう前、ヴォガンから差し出されていた手紙を手にするレグルスの姿が映り込む。

「今ここで読め」

再び俺の下へと歩み寄り、その手紙を手渡しで押し付けてくる。

……手紙を投げ渡してこないあたり、父への敬意だけはどんな状況であろうと忘れない。といったところなのだろうか。

そして言われるがままに封をあけ、中身を確認――――するより先に何を思ってか、レグルスはその内容を語り出していた。

「……父上からの伝言だ。今は僕のせいで追放となっているが、〝宮廷魔法師〟の席は、お前の為にいつでも用意する準備がある、だそうだ」

手紙の中身は、長い長い謝罪文であった。

その内容は主に、平民の位である俺という存在を利用した事。

追放されていたにもかかわらず、すぐに手を差し伸べなかった事の2点について。

「……ただ、今の宮廷の状況で、お前を〝宮廷魔法師〟として連れ戻したところで周りからの風当たりは大して変わらない。それ故に、好きな時に門戸を叩けと仰っていた。だから、――――」

レグルスがそう言ったところで、俺は手渡された手紙を返却せんと差し出した。

「……何の真似だ？」

「どうやら、これは俺には必要なさそうなので、お返しいたします」

手紙には、謝罪文と同時に、〝宮廷〟に戻りたいと思った時、これを王に差し出せとも書き記してあった。

だから、レグルスに手紙を俺は返していた。

「俺が入ったパーティーは、どうにも脱退が禁止らしくて。戻ろうにも、もう戻れないんですよね」

一瞬だけヨルハに視線を向けて、俺は小さく笑った。

「勿論、陛下のこのご厚意には感謝していますが、これは、戻る気がない人間が持っておくものじゃあないでしょう？」

要するに。

「今更戻ってこいと言われても、もう遅いって事で勘弁して貰えませんかね」

「……ふん」

不機嫌な心境を隠そうともせず、鼻を鳴らし、レグルスは俺に背を向けた。

「父上の厚意を無下にするとは、とんだロクでなしの輩もいたものだ」

まるでそれは、初めて知ったような物言いで。

「……俺がロクでもないヤツだなんて事は今更でしょう？」

盛大に皮肉ってやる。

散々、お前は俺を『役立たず』呼ばわりしていたじゃないかと。だから、今更だと。

「……やっぱり僕は、お前が嫌いだ――」

三十七話　終わりなき日々を

＊＊＊＊

「────そういや、今日は一段と賑《にぎ》やかだな」

レグルスとの騒動から数日後。

レヴィエルから「ちょいと用があるんで日暮れあたりにギルドに寄ってくれ」と言われていた事もあり、俺達はギルドに足を踏み入れていた。

ただ、中は多くの冒険者でごった返しており、息苦しい事この上なかった。

「そりゃあそうだろ。フィーゼルで発行される【アルカナ】の参加権利だぜ？　噂じゃあ金ピカっつー話もたまに聞く。物珍しさからどいつもこいつも集まってきたってクチだろ」

隣で足を組み、退屈そうにふんぞり返っていたオーネストが上体を起こしながら答えてくれる。

「……【アルカナ】の参加権利っていうと」

「────パーティーランクSへの昇級、だね」

そう答えてくれたのは、ヨルハだった。

通称、【アルカナダンジョン】。

それは、1層限りの超高難度ダンジョンであり、通常のダンジョンとは乖離《かいり》したその難易度から、Sランクパーティーを除いて参加が認められていない特殊ダンジョンの一つ。

故に、参加権利。

「つか、オレ、アレクにそのこと言ってなかったっけか?」

「……聞いてねーよ」

「……あー。確かに言われてみれば、言い忘れてたような気もするわ」

おい、てめえふざけんな。

半眼でそう言わんばかりに睨め付けてやると、居心地が悪かったのか。

ぷぃ、と顔を背け、逃げられる。

「……この馬鹿が適当な事は今に始まった事じゃないでしょ。アレクにはオレさまが伝えるんだ! って言っときながら忘れるってただの馬鹿よね。あ、馬鹿だったわ」

「…………」

クラシアの罵倒を前に、ぷるぷると怒り故か。

オーネストの身体が震えていたが、今回ばかりは自分に非があると理解しているのか、黙って耐えていた。中々見れない光景である。

「――――やあ、やあ」

そんな折。

不意にへらりとした軽い挨拶のような言葉が喧騒《けんそう》に紛れて聞こえてきた。

「お久しぶり」

近づく足音と人の気配。

声のした方へ視線を向けると、そこには見知った顔があった。

アッシュグレーに染まったマッシュ頭の男。

ロキ・シルベリアである。

「……なにしに来やがったよ、〝クソ野郎〟」

「あれあれぇ？　この僕にそぉんな口を利いていいのかなあ？　オーネストくぅん？」

相変わらずとしか言いようのないあからさまに腹立つ口調でもって、ロキは喧嘩腰のオーネストに対して言葉を返す。

「キミ達がギルドにいるのって、これが理由じゃないのかなあ？」

そう言うロキの手には、〝タンク殺し〟64層から帰って来た日にレヴィエルから受け取っていた通行証。

それに酷似した銀製の何かが親指と人差し指を使って摘《つ》まれていた。

「キミ達用の、Sランクを証明する証《あかし》」

「……なんでてめぇが持ってんだ」

「いやぁ、レヴィエルからオレの代わりに渡してくれってついさっき頼まれてさあ。どうにも、何かをやらかしたみたいで今は副ギルドマスターに絞られてるんじゃないかな。ま、僕には関係ないからどうでも良いんだけど」

いい加減な性格はオーネストだけではなく、ギルドマスターであるレヴィエルにも言える話で。

この１ヵ月の間だけでも定期的に副ギルドマスターから怒鳴られている光景を俺もたびたび目にしていた。

だからか、ロキのその言葉はすんなりと受け入れる事が出来た。

「とはいえ、だ！　さぁどうする。キミらの欲しがってるモノは僕の手中‼　オーネストくんが『いつも生意気を言ってすみませんでした。わたくしめが悪うございました』と謝るならこれを素直に渡してあげるってのも、考えても良いけどね‼　ふはは！　どうする⁉　どうする⁉　どうしちゃうううううぅ！！？　────いだっ⁉」

ゴツン、とロキの頭に拳骨《げんこつ》が繰り出され、次いで殴られた当人はそのまま前のめりに倒れ込む。

「……お前は餓鬼か」

頭を押さえ、うおおぉおお！！！　と、悶《もだ》えるロキに軽蔑の眼差しを向けるのはSランクパーティー〝緋色の花《リクロマ》〟所属のメンバーの一人、クリスタであった。

そしてロキが手にする通行証に似た証を有無を言わせる間もなく取り上げ、それをヨルハに向かって差し出していた。

「……馬鹿が失礼した」

「あ、あー、全然気にしてないんで大丈夫ですよ」

割と本気で殴られたのか。

若干涙目になりながら痛がるロキに同情の眼差しを向けつつ、差し出されたそれをヨルハが受け取る。

「……Sランク、とはいえ、これまでと基本的に特別変わる事はない。ギルド内では多少、融通が利くようになるくらい。ただ、あえて違いを一つ挙げるとすれば」

「【アルカナダンジョン】の参加が許される」

「……そういう事」

淡々と説明を始めるクリスタの発言に、一度ばかりオーネストが言葉を被せ、そして説明が終わる。

「分からない事があればいつでも頼って下さい。これで恩を全て返せたとは此方は思ってませんので」

いつの間にやら、すぐ側まで歩み寄って来ていた〝緋色の花《リクロマ》〟のリーダー、リウェルが柔和な笑みを向けながらそう言ってくれていた。

やがて、すぅ、と息を吸い込み、そして大きく口を開かせて腹からリウェルが声をあげる。

「────さぁ、さぁ、さぁ、さぁ、さぁ！！！」

この場に居合わせた冒険者全てに届くようにと張り上げられる声。

「新しいSランクパーティー、〝終わりなき日々を《ラスティングピリオド》〟の誕生を祝って、今日は朝まで馬鹿騒ぎしましょうや！！！」

大仰に手を広げ、どこまでも楽しそうに、

「朝までの飲み食い代は、今日に限り全て〝緋色の花《リクロマ》〟が持つ‼　だから遠慮せずに吐くまで飲み食いしてくれ！！！」

一瞬ばかり、リウェルの大声により静まり返るも、その言葉を最後に場がわっ、と沸き上がった。

「……良いんですか？」

心配そうにヨルハがリウェルに問い掛ける。

「全く問題ありません。それに、代金は全て〝緋色の花《リクロマ》〟が持つとは言いましたが、まだ、誰とは決まってませんから」

「……？」

その言葉の意図が理解出来なかったのか。

ヨルハは頭上に疑問符を浮かべていた。

しかし、リウェルにその疑問を解消する気はないのか。ヨルハに対して言葉が続けられる事はなく、

「さ、やりましょうか」

ぐっ、とリウェルの右の拳が力強く握り締められ、〝緋色の花《リクロマ》〟メンバーに対して言葉が向けられた。

それに伴って発せられる緊張感は、ただならぬもので。

「恨みっこなしの一発勝負でいくよん」

「……本気でいく」

リウェルのその発言に言葉が続く。

やがて、〝緋色の花《リクロマ》〟メンバー最後の一人であるロキはすっくと無言で立ち上がる。そして、ゆっくりと息を吸い込み、吐き出して精神を落ち着かせる。

次いで、勢い良く右の手を天井目掛けて突き出した。

なんと、掲げられたのは力強く握り締められた拳ではなく、まさかのピースサインがそこにはあった。

突如として場に降りた極限の緊張感の中。

「────僕は、チョキを出す!!!!」

その一言でもって、ロキは究極のジャンケンポン《デスマッチ》の火蓋を切った。

挨拶がわりと言わんばかりの心理戦を展開。

彼らの様子を見るからに、つい先程公言していた代金を持つ件について、誰がそれを持つのか。

という事を賭けた勝負なのだろう。

剣呑に似た空気であったから、殴り合いでも始まるのかと思った矢先にピースサイン。

思わず吹き出しかけた。

「如何にパーティーメンバーとはいえ、勝負をするからには僕も本気で行かせてもらう……!! このロキ・シルベリア!! 心理戦ならまず負けない……ッ!! というより、オーネストくんにだけは奢《おご》りたくねえ!!」

「てめえ張り倒すぞ」

冷静なツッコミが入るも、それをガン無視。

さあどうする！　と、相手の反応を窺うロキであったが、彼が心理戦を持ちかける事は当然、見透かしていたのか。誰一人として反応はしない。

数秒待とうとも誰一人として反応しなかった事に痺れを切らしてか。

〝緋色の花《リクロマ》〟メンバー全員が一斉に無言で右手を後ろに引き、構えを取る。

決戦の合図をするのは唯一、心理戦を持ちかけたにもかかわらず、一切反応して貰えなかったロキ。

「――――よ、よーし、いくぞおおぉぉおお！！　じゃあぁあん!!」

「けぇぇえええん!!」

「「ポォォオオオン――――――ッ!!」」

場に出された手は、
グー。

グー。

グー。

チョキ。

唯一の仲間外れは、ロキであった。

「……はん」

「作戦通りです」

「んじゃ、今日はロッキーの奢りって事でえええええ！！！　ゴチになります!!」

「なに全員馬鹿正直にグー出してんの！！？　僕の言葉は疑えよッ！！？」

膝から崩れ落ちるロキの姿が鮮明に映り込む。

「自分で自分の首絞めただけじゃねえか。バカだろあいつ」

「馬鹿ね」

「馬鹿だね」

「馬鹿だな」

「うるっさいなぁ⁉　そこ４人！！！」

心理戦が得意だと言いながら完全に読まれ切っていた今のロキに、64層での勇姿の影は何処にも存在していなかった。

「……Sランクパーティー、か」

同情の眼差しを僕に向けるなぁ！

と、叫ぶロキから視線を外し、ぽつりと俺は呟く。

「……おい、アレク」

「んあ？」

「まさか、自分が本当にここにいて良いのか。なんて思ってねえだろうなあ？　俺は何もしてないのにSランクパーティーになんて。そんな事を思ってんならぶっ飛ばすぞ」

俺の心を読みでもしたのか。

丁度考えていた心境をずばり言い当てられた。

「ここがスタートラインだ。『伝説』の、スタートラインなのさ」

「そういう事よ」

珍しくオーネストの言葉にクラシアが同調する。ヨルハは俺とオーネストの会話を微笑ましそうに眺めていた。

「オレらの『伝説』はここからなのさ。ここから、『再開』なのさ。馬鹿な事を思ってっとオレさまがぶっ飛ばすぞ」

「……はっ、そりゃ怖《こえ》え。気をつけないとだな」

「おう。2度目はねえぞ」

その言葉に、一緒になって笑い合う。

「さ、オレらのSランク昇級を祝して、いつもの頼むぜ。元リーダー」

思い起こされるは、〝魔法学院〟時代。

俺やオーネストが口癖のように発していたある言葉。事あるごとにその言葉を口にしていた。

きっと、オーネストが求めているのはその言葉なのだろう。

だから、ヨルハやクラシアは呆れ混じりの笑みを浮かべていたけれど、それに構わず言うことにした。

「――度肝抜いてやるぞ、〝終わりなき日々を《ラスティングピリオド》〟!!!」

巻末ＳＳ

＊　＊　＊　＊

「……それにしても仲悪いよな、あの二人」

「ロキとオーネスト？」

「そ」

〝タンク殺し〟64層攻略から数日。

ちょうど、今しがたギルドにて鉢合わせ、憎まれ口を叩き合う二人を見かねて俺がヨルハにそう尋ねると、はぐらかすようにあは、はと、苦笑いが返ってきた。

以前、ダンジョン内にて、ヨルハからは二人の間に色々とあった。

とは聞いていたものの、彼女曰く、くっだらない理由とはいえ、ここまで来ると一体どんな下らない理由なのかと気になって仕方が無くなってしまって。

「えっと……ね」

そんな俺の内心を見透かしてなのか。

ヨルハが悩ましげな声で短く唸った後、

「オーネストがまだ〝古代遺物《アーティファクト》〟を手に入れる前の話になるんだけど」

そう言って、目の前で今も尚毒突きあう二人を我関せずと言わんばかりに俺と共に遠目で眺めるヨルハは語り始めた。

「オーネストって、がさつで、色々と乱暴で、戦うとなったら思いっきり得物をブンブン振り回してるような人間だよね」

気心の知れたパーティーメンバーの事とはいえ、歯に衣着せぬその物言いに、堪らず俺は苦笑する。

蔑む為に言った言葉ではないのだから、もう少しくらい取り繕ってやってもいいだろうに。

「でも、その実、自分の得物だけはすっごい大事にしてるでしょ？　魔法学院時代も、攻略後はいっつも武器の手入れしてたの覚えてる？」

「覚えてる」

「だよね」

その問い掛けに、俺は即答する。

ヨルハとクラシアは魔法を用いてダンジョンを攻略していた為、武器とは縁が無かったが、時折剣を使っていた俺はオーネストのその手入れに何度か付き合わされていたのでよく覚えている。

何というか、アレは愛着が強い、と言い表すべきか。

——武器が壊れでもしねえ限り、己の命を預ける得物をコロコロ変えたくはねえ。

いつだったか。

だから手入れは怠らないのだと、俺にそう語ってくれたオーネストの言葉が不意に脳裏を過《よぎ》った。

「もう、2年くらい前かな。偶々、訳あって〝緋色の花《リクロマ》〟のリーダーのリウェルさんと、ロキと一緒にダンジョンを攻略する事になっちゃって」

ヨルハのその一言のお陰で、色々と合点がいく。

決して長い時間ではなかったけれど、首無し騎士《デュラハン》と戦っていたあの時、初めて連携を行なったにしてはあまりにスムーズ過ぎたから。

「その時ちょうど、窮地に陥ってたAランクパーティーのある人と偶々出会って、ボク達が彼らを助ける事になったんだ」

——その時に、今回のボクらのような立場で救援に来たのがロキとリウェルさん。

ヨルハがそう言葉を付け足し、成る程と納得する。

「それでね、結局、全員無事に帰ってくる事が出来たんだけど、逃げるついでにフロアボスを倒した時にAランクパーティーの人を庇う為にオーネストが負傷してたみたいでさ」

「……それ、大丈夫なのか」

「ううん。全然大丈夫じゃなかった」

面白おかしそうに、ヨルハが笑う。

どうにも、負傷したとはいえ、深刻な話ではないらしく。

「本人はこのくらいの負傷、どうって事ないって思ってたみたいでひた隠しにしてたんだけど、結局、その傷のせいで帰り道の途中にオーネスト、倒れちゃって」

「オーネストは変なとこで意地を張るからな」

「そうそう。だからそのせいでオーネストってばリウェルさんとロキのお世話になっちゃってさ」

帰り道で急にぶっ倒れたオーネストを二人が運んでくれたんだ。

その一言に、ただの美談じゃないかと。

率直な感想を抱くも、

「……ま、ぁ、ここまではなんて事の無い良い話なんだけども、問題はここからでね」

言い辛そうに言葉を続けるヨルハによって、此処からが問題なのだと告げられる。

加えて、先程の前置き。

……何となく、話が見えたような。

そんな気がした。

「その……ロキが、さ。オーネストが倒れてる間にオーネストの武器を、その、ボロボロだったからって事もあって処分しちゃったんだよね」

「……そういう事か」

「ああ、ううん。別に嫌がらせだとか、そんな意図ではなかったんだよ。ただ、本当に純粋に得物が傷んでたから処分して新しいものを見繕ってくれたってだけだと思う……たぶん」

早口にまくし立てられる言葉。

オーネストから〝クソ野郎〟と呼ばれるロキに対しての信用があまり無いからか。

言葉の最後に「たぶん」と付け加えられたが、深く気にする必要はないだろう。

「でもそのせいでオーネストがものすっごく不機嫌になっちゃって。……ただ、助けたAランクパーティーの人達がオーネストにお礼がしたかったって事で新しい槍を買ってくれたって背景もあって、意外とこの話は早くに落ち着いてくれたんだけど……」

「まだあるのか」

「……ロキがオーネストのその考え方に突っかかっちゃったんだよね」

ほんっと、放っておいてくれれば良いのに。

などと口にするヨルハの声音は、当時の事を思い出してか。疲労感に塗れていた。

「武器なんて消耗品なんだから、とか。そんなちっさい事を一々気にするな、とか。……まあ、この先はボクから言わせれば、ロキが全部悪い」

そして、口論となり、手のつけられない事態にまで発展してしまったと。

……ヨルハがくっつだらないと言う理由も分かる気がした。

「黙ってれば丸く収まってただろうに。でも、ロキってあの性格だから……」

「……そうだな」

人を食ったような性格のロキであれば……。

と、一瞬考えただけでどんな事があったのかが容易に想像出来てしまい、俺は顔を引き攣らせながら言葉を返す。

「まあ、それが無くとも、合理主義なロキと基本的に獣染みた勘で何とかしちゃうオーネストは、元々そりは合わなかっただろうけどね」

この一連の出来事が無かったとしても、性格が絶望的に噛み合わないだろうから遅かれ早かれこうなってたような気もするけどね。

などと言うヨルハの言葉に、俺は首肯した。

「で、その出来事以来、二人の仲は悪くなる一方で。……ほんっと、どっちかが大人に聞き流すなりして対応しておけば済んだ話なのに。……ね？　くだらないでしょ」

「……ま、喧嘩する程の内容でない事は確かだ」

終わった話なんだから、それはそれ。これはこれで割り切ればいいのに、今も尚、現在進行形でいがみ合う二人を前に、俺までため息を吐きたくなった。

「で、オーネストが嫌う理由がそれで、クラシアが嫌う理由ってのは——」

「単純に厄介ごとを持ってきそうだから。それと、うざ絡みしてくるからよ」

俺とヨルハの会話には混ざらず、頬杖《ほおづえ》をつきながら椅子に座っていたクラシアがそう答えてくれる。

面倒ごとは嫌いなの。

と、ロキという存在自体を突き放す魔法学院時代と変わらない事なかれ主義っぷりは未だ健在のようで。

「クラシアらしい理由だな」

「——ったく、朝からツイてねえ」

そんな彼女の返答に俺が納得すると同時、少し離れた場所からぶっきらぼうな声がやって来た。

「〝クソ野郎〟と顔を合わせたくねえから時間をずらしたってのに、何でばったり出くわすんだ、クソが……！」

ギルドで集まるようにしていたものの、オーネストだけが遅れて向かうと言っていたので何か用事でもあるのだろう。

などと自己解釈したものの、その理由がロキと顔を合わせたく無かったからと知り、堪らず反射的に苦笑が漏れた。

「わりかし、よくある事なんだよね」

隣でヨルハが言う。

「オーネストがギルドに来る時間をずらした時に限って、かなりの頻度でロキと出くわしてるんだ」

さっきみたいな感じにね。

そう教えてくれるヨルハの口角も、若干、ゆるく吊り上がっていた。

「あそこまで行くと、あたしは待ち合わせを疑うわよ。何だかんだ、本当は仲良いんじゃないの？あの二人」

「それは死んでもあり得ねえ。ぶっ飛ばすぞ」

耳聡くクラシアの言葉を拾っていたオーネストが殺意すら込めて反論。

そしてちょうど、狙ったかのようなタイミングにて、ロキはロキでパーティーメンバーから似たような事でも言われていたのか。

「——僕とオーネストくんがあ？　ないない。それだけはないね。待ち合わせとかする訳がないじゃん!!　しかも野郎って！　僕に損しかないじゃん！」

ギルド内にそんな大声が響き渡っていた。

「……割とその説濃厚かもな」

「オイ、アレク。たとえお前であってもそれを言うんであれば、容赦はしねえぞ」

腕に嵌められた〝アーティファクト《銀のブレスレット》〟を俺達に見せ付けながらそう口にするオーネストの発言が、ハッタリでないのだと理解をして慌てて弁明。

「おいおい……っ、冗談に決まってるだろ。こんなとこで殺気向けんな、というかお前マジで槍出す気だったろ……！」

「ンなわけねえだろ。気の所為《せい》だ」

「絶対気の所為じゃねえよ‼」

怒りからか。

とっくにオーネストの右手は握り拳になっており、小刻みにわなわなと震えていた。

どう考えても、これは気の所為ではない。

「……まぁいい。それで、今後について話すんだっけか」

ギルドに集まった理由は、〝終わりなき日々を《ラスティングピリオド》〟の今後の方針を決める為。

……とはいえ。

ロキとオーネストの間の溝は、それなりに深いものであるらしく、一向にオーネストの眉間に寄せられた皺が無くなる事はなくて。

……多分、ギルドの中にロキがいるからなんだろうなあと思いつつ、

「の、前に——取り敢えず、場所変えるか」

俺はそんな提案をしてみる事にした。

「場所を？」

「ああ。悪い、俺、腹減ったんだわ。だから、飯食いながら話そうぜ。あと、さっきの失言の詫びで俺が奢ってやっからさ」

俺がそう言うと、険しい表情を浮かべていたオーネストの肩が小さく揺れ始め、やがてくつくつと笑い出す。

「はっ、財布の中身がすっからかんになっても知らねえぜ」

「1食程度ですっからかんにならねえよ。宮廷魔法師の給金なめんな、オーネスト」

元とはいえ一応、高給取りだぞ。高給取り。

と言ってやると、忘れてたわと言葉を付け加えてまた笑う。

「……ん。アレクは相変わらずだね」

俺の考えをある程度見透かしてか。

何処か悟ったように、何度目か分からない苦笑いを浮かべてヨルハが言う。

それに続くようにクラシアも、「アレクが居ると楽でいいわ」と褒めてるのかよく分からない言葉を漏らす。

「よぉし、そうと決まれば、アレクの奢りってんなら一番高《たけ》えとこ行くぞ。遠慮なんて知るか！」

「……全く、現金なんだから」

ヨルハがその変わりように呆れていたけれど、今のオーネストには柳に風でしかなく。

「ま、いんじゃね」

ひとまず、飯食いながら今後についてみんなで話そうぜ。

そう言葉を締めくくり、我先にとギルドを後にしようとするオーネストの背中を、３人で追い掛ける事にした。

味方が弱すぎて補助魔法に徹していた宮廷魔法師、追放されて最強を目指す